認知症が治った

那須正治
NASU Masaharu

文芸社

はじめに

我が国の平均寿命は大きく伸び、二〇一八年には世界最高となった。二〇二〇年では三位となり、男性で八十一・四一歳、女性で八十七・四五歳となっている（厚生労働省発表医療統計）。

長寿に伴い成人病患者が増えるとともに、鬱病や認知症などの精神病患者も増えてきている。二〇二〇年における認知症患者数は六百三十一万人であり、高齢者に占める割合が一八・〇％となっている。平均寿命時点で見れば男性が一六・八％、女性にあっては四三・九％にも達している。まして、現在高齢化が進んでいる現状から推測すれば、患者数はもっと増えると思われる。

高齢者医療は長期化しており、病院等への入院は収容しきれなくなりつつあるとともに、高齢者医療費が増加の一途をたどっている。また福祉施設にあっても、どのレベルの施設でも満杯で、待機者が大勢いる実態だ。このような実情から、政府は在宅医療、在宅介護の推進を図っている。またフレイル対策（要介護者未然防止）に取り組み始めた。

一方において少子化現象が見られ、子どもに介護をしてもらうことが至難になってきた。行き着くところは老老介護である。

こうした状況の中、我々は老後を、社会参加を続けながら健康で平穏に暮らすためには、どう取り組めば良いのだろう。

本書は、認知症患者の症例を見つめることにより、現実の対応の仕方と、今後の心構えの参考になればと思い執筆したものである。多くの認知症の事例を見聞きしたが、特徴的な症状の二例をもとに、介護の実態と、介護するものの困難や葛藤を、小説にまとめたものである。

医学的には完治と言えなくとも、社会生活に支障のない程度に回復した事例を参考にしていただければ幸いである。

目次

はじめに　3
一　認知症という疾病との遭遇　8
二　二重介護からの解放　27
三　攻撃的言動と強制退院　31
四　幻聴、幻覚に振り回される日々　50
五　症状が多発　76
六　神経過敏症状が現れた　83
七　良太郎の緊急入院　92
八　散歩が楽しい……　98
九　良太郎の急変　104
十　認知症が治った！　111
あとがき　129

認知症が治った

一　認知症という疾病との遭遇

小泉節子は放流した緋鯉がのんびり泳ぐ川の畔を歩きながら、鯉の数を数えている。

「ヒイ、フウ、ミイー」

穏やかな顔だ。その様子を見て、小泉秀造は、高齢期精神病の一つである認知症は、うまく付き合えば、進行を止め、生活に支障をきたさないことに、自信を持った。

近年平均寿命が延びてきていることから、ガンや心疾患、糖尿病などの成人病が増えてきたことと相まって、鬱病とか認知症などの精神病患者が多く見られるようになってきた。ここ五十年前までは人生六十年だったから、精神に異常をきたす前に亡くなっていたので、目立たなかっただけのようである。

「お父さん、誰かが来られたようよ。呼んでいるわ。玄関に出てみてよ！」

節子が夫の秀造に命じるように言った。秀造は玄関へ行ったが、誰の姿も見えない。

「誰もおらないが……」

「そんなことないよ。呼んでる声がはっきり聞こえたんだもの。あんた耳が遠くなってきたの？　今も呼んでるわ……。あんた、聞こえないって、嘘言ったらだめ！」

と怒りだした。それは四月半ばの夕方だった。

七十六歳の節子は、三月上旬から「耳鳴りがする」「蝉の鳴き声が聞こえてくる」と言いだした。三月ではまだ蝉の出てくる時期ではないだけに、そのときは、疲れた場合など、立ちくらみがしたり、耳鳴りがした経験があるから、その類いだろうと、夫婦とも年齢ゆえと安直に受け止めていた。

三日後のことである。夜中の午前二時頃、

「タケシ、タケシどこにいてるんな。タケシ、タケシ！　早くおいで」

と、窓の外で節子の叫んでいる声が耳に入った。秀造は慌てて寝間着のまま、隣の露天駐車場に向かった。この駐車場は約二百坪ほどの面積があり、近所の人々が借りている。秀造も二台分の駐車場を借りていた。

春とはいえ、深夜はまだ肌寒いのに、節子がパジャマ姿で、両手を、弧を描くように回しながら、うろうろしている。後ほど、彼女の弁明で分かったことだが、「弟の武志が資金繰りに困り、お金を貸してほしいと訪ねてきた」とのことだ。けれども、彼は家に入ってくるのに気後れしたようで、家の近くでたたずんでいるらしい。

「タケシ、タケシ！」

節子が、叫びながら、うろつき回っている姿を見て、秀造は慌てた。彼女が徘徊を始めたのだ。何はともあれ、抱きかかえるようにして家の中に入れた。


その翌日の真夜中である。

「チーちゃん、どこにおるんな。チーちゃん、チーちゃんったら！」

と、また駐車場から節子の声が聞こえてくる。駐車場は薄暗く寂としている。目をこらしてみると、淡い月の光の下で節子がうろうろ歩いている。またもやパジャマ姿で徘徊をしているのだ。チーちゃんとは節子の幼なじみで、訪ねてきたが玄関が分からず迷っているとのことだ。どうやら幻聴のみならず、幻覚症状も出てきているようだ。

「なんで突っ立っているのよ、早く入ってきなさいな」

と、手招きを始めた。

徘徊が続き、秀造は「これはただごとではないぞ」と感じた。彼は今までに、認知症による徘徊のことは何度となく耳にしていたが、まさか自分の妻の身の上に発生するとは思いもしなかったから、大いに慌てた。

夜静かになると、幻聴が始まった。昼間は家事や買い物などで気が紛れ、あまり発生しないようだが、夜間静かになると耳鳴りや呼び声で悩まされるようだ。

秀造が幼い頃は、集落に一人か二人の惚け老人がいる程度だった。その老人は、世間からつまはじきにされ、みんなが集うお祭りや盆踊りなどにも誘われず、人のいない野原や河原をうろうろ徘徊していたのを見た記憶がある。世間に冷たくあしらわれると、当人も人間嫌いになり、集落から離れたところで時間を過ごしていた。

また、凶暴性や放火癖があり、社会に迷惑を及ぼしたり、自傷行為をする患者は、保健所が強制して入院させ、社会から隔離した。措置入院させられた患者の中には、終身、社会に戻れない者もいた。病院自体も集落から遠く離れた山の中などに設置され、隔離されていた。

世間ではそのような患者を「きちがい」「あほう」「ぼけ」「てんかんやみ」など人格を傷つける言葉で、当たり前のように呼んでいた。余談だが、漫才や落語でも、ご隠居さんと「うすのろ」のハチ公が登場したり、相手役に惚け老人が現れるなど、ごく普通にネタとなっていたほどだ。

二十年ほど前まで、こんな差別用語が用いられていたが、二〇〇四年に精神病患者の人権を尊重し、そのような言語を蔑視用語、差別用語として用いることを禁止するとともに、呼び名も「痴呆症」から「認知症」に換え、そのような患者を隔離することなく、社会と共存するようになった。

とはいえ、加齢とともに、脳細胞や神経細胞が朽ちてくるのは当然で、長生きとともに、その症状が表に現れ、言動が異常になってくるのは、現実の姿であった。

秀造は、幸いと言っていいのかどうか分からないが、既に高齢期精神病の介護の体験中だった。半年前から妹婿の田中良太郎の言動に異常が見られ始めたのだ。

生命保険会社の営業所所長を務めた良太郎は、七十五歳を超えた頃から、独り言が多くなってきた。

「本社の販促部長は、俺のところの外交員をコンプライアンス（法令遵守）が守られていない、と悪し様に罵っている。内容を知りもせず罵るとはけしからんやつだ！」

「俺の営業成績が悪いのは、指導力が足りないからである、と現場の事情も知りもせず、人をぼろくそに、けなしくさって！」

などと、ぼやき始めたのだ。それまでの良太郎は、外交員の特徴である、人当たりの良い人間だった。どちらかと言えば、お世辞を使い、人の心をそらさない話し方だった。それが最近、口調が荒くなり、攻撃的な内容が多くなってきた。

彼は、日常の生活ぶりはさほど変わっていないのだが、気に入ったテレビ番組がなかったり、話し相手がいなくなったりすると、独り言が多くなってきた。その内容は過ぎ去ったことの中で、自分が不愉快な思いをしたことの内容が多い。時にはうめき声や怒鳴り声を上げていた。

良太郎は現在は一人で暮らしている。良太郎の妻である秀造の妹は昨年敗血症で亡くなったが、良太郎の一人息子の良治は、大手商事会社の幹部で、大阪で暮らしている。そうした事情から、良太郎は一人で暮らすことになり、秀造が絶えず訪れて、身の回りの世話と、話し相手をしているのだ。

妹が亡くなる寸前に、

「大きな荷物を置いていくが、兄さん、あの人の面倒を見てやってくださいね。よろしくお願いいたします」

と懇願して息を引き取った。それから以降、良太郎の世話をしている。

秀造は六人兄弟で、既に兄や姉を見送っており、自分より年上の者が亡くなったときは、ある程度順送りだな、と合点のいく部分もあったが、妹に先を越されると、大きなショックを受けた。しかし、こればかりは天命であって、いかんともしがたいものなので、何はともあれ妹の要請を受け入れることにした。

今の時代はありがたいことに、コンビニエンスストアが至るところに出店しており、惣菜などはパックに少しずつ詰め合わせて売っているから、食事はほとんど困ることがない。掃除は息子夫婦が帰ってきたとき、徹底的にやってくれているから支障がなく、隔日に入る風呂の、軒先に据えられたバーナーのつけ放しさえ気をつければ、概ね問題はない。バーナーも自動制御装置がついており、湯を使用しているときはガスが燃焼しているが、使用していないときは種火だけ残した状態で「空だき」することがないから、さほど心配することがない。


「良太郎さん、今日は家内がお茶仲間と夕食会に出かけたので、美味《うま》い魚をあてに、一杯どうですか」

引きこもりがちな節子を、お茶仲間が心配して、久方ぶりに連れ出してくれたのだ。

「うん、たまには外食もいいわな」

二人は寿司を楽しむことにした。良太郎はアルコールはあまり強くないが、食べ物には一家言持っている。素材の味を殺したものはあまり好まない。今晩も、酒のあてに、ヒラメの薄造りと、ホウレンソウを湯にさっと通し、地元で捕れた「しらす」と和えたものを特注している。寿司はマグロ派だ。食事が概ね終わる頃、良太郎が真面目な顔で語りかけてきた。

「秀ちゃん、うちの町内会の会計が、俺に生意気言うてくるんや。溝掃除の作業に出てこなかったので、総会の決議事項だから、出不足料千円を支払えって！」

溝掃除は一所帯から一名の使役が出ることになっている。応じられない場合は、作業した人の飲み物代を負担するルールだ。

良太郎の目が鋭くなり、語気が激しくなってきた。

「俺は言い返してやったんだ……。溝掃除なんか、市役所がやるべき仕事なんや。それを役所から言われたら、言い返しもせずに引き受けてしまうなんて、町内会の役員のだらしないってこと、ありゃしない。その付けを出不足料の名目で、町内会員に押しつけてくるなんて、よく言えたものだ」

だんだん目が据わってきた。秀造は、これはやばいことになりそうだと嫌な予感がした。

「そんでな、これから町内会長のところへ一言苦情を言いに行くから、ついてきてくれないか。会長はいかにも分かったような顔をして、自助、共助、公助など、えらそうなことを言い、住環境の保全は共助しましょうなんて！　役所は市民から税金を集めているのだから、衛生費の予算を使って取り組むべきなんだな。町内会の役員は、俺が小金の持った年寄りだと思って、金を巻き上げようとしてるのや」

　ボリュームが上がり演説口調になってきた。不平不満を口にするだけではなく、行動しようとしている。

「良太郎さん、せっかく今晩は美味いものと御神酒《おみき》をいただいたのだから、気分良く帰ろうな。タクシー呼ぶから……」

「おい！　ちょっと待て。世の中の理不尽をただすのが、何がいけないんだ。俺は、今から乗り込むからな」

　良太郎は秀造を怒鳴りつけながらもがいていたが、秀造の粘りに根負けして、帰ることになった。

日が経つにつれて、良太郎の言動が怪しくなってきた。カーテンが揺れていると、カーテンの陰から誰かが俺を監視している、と口走り、玄関の靴が乱れていると、俺の退職金を狙って良からぬ者が入ってきた、などと喚き始めたのだ。どうやら被害妄想が昂じてきているようだ。

昨日も、たまたま見舞いに来た親類の女性が、散らかした身の回りの衣服を整理し、タンスの引き出しに片付けてくれたのだが、その客が帰ると「あれは、俺の持ち物をチェックし、金目のものを探っていたのや」とぼやきだした。

秀造は、その様を見て慌てた。ぼやきや愚痴の内容がかなり具体的になってきたからだ。早速本人を連れて、近くの神経内科医院を訪れた。訪れたと簡単に表現したが、本人を受診させるまでに一苦労があった。彼は、俺がなんで神経科の医者に診てもらわねばならないのだ、と拒絶反応を示したからだ。かなり剣呑な雰囲気となってきたが、秀造自身が夜眠れないから診てもらうので一緒に診てもらわないか、となだめて、ようやく受診することができた。

　精神障害は他の病と異なって、症状が出ると親兄弟は、親族や世間に知られないよう極秘にするなど特別な扱いをすることが多い。ちまたでは、精神障害は遺伝的要素が強いとされていたから、家族はひた隠しに隠していた。最近でこそ精神障害者の人格を守り、共存しようとする動きが強くなり、オープンにされ始めてきたが、それでもまだ多くのケースは従前のままだ。

　先進的な考えを持つ医療関係者の努力で「認知症家族の会」や「認知症を語りあう会」などがつくられ情報を交換しあい、お互い励ましあって患者が社会生活になじむような環境づくりをしてくれだした。しかしこのような活動は限られた地域のみで、まだ一般的には、認知症患者やその家族は、世間から疎外感を味わっていた。

　通い始めた神経内科医院の医師は、もう少し早く投薬できていたら軽くて済んだのに、と言っている。ちょっと遅れたため、だんだん幻聴・幻覚がひどく現れてくるかもしれない、との説明だ。事実、これらの症状は彼に頻繁に現れてきた。

医師の言うのには、高齢期精神病は治すというよりは、病状の進行を止めるのが精一杯と理解したらいい病気らしい。人間の細胞は絶えず新陳代謝しているが、脳細胞と神経細胞はほとんど代謝しなく、朽ちた脳細胞の復元は不可能だが、いかにして朽ちていくのを止めるかがポイント、との説明だ。

秀造には、このような実体験が背景にあるから、節子の発症には大きなショックは受けなかったものの、手遅れにならないように重く受け止めて、総合病院の精神科を受診することにした。この病院は、節子が心臓発作を起こしたときに救急入院し、なじみがあったからだ。

節子は、日常生活はほとんど通常と変わりがないが、寝静まると幻聴や幻覚症状が出てくる。

「なあ、節子。誰でも年とともに身体が弱ってくるんや。人間は、昔から四百四病（多くの病気）持ちというて、いろんな病気を持っているのや」

「うん、それは分かるけど、なんでうちが、病院へ行かなくちゃならないの。どこも悪いところがないのに」

「俺もなあ、いちいち口には出さへんけれど、ちょっと身体がだるくてな、いっぺん先生に診てもらおうと思うんや。一緒について行ってくれへんか」

「あんたが診てもらうんだったら、いいけれど……」

秀造は節子を、あの手この手で騙し、病院へ連れて行こうとしている。

世間で言われているように、精神的に問題のある患者は、精神科を受診させるのに難儀するとのことだが、今まさにそのことに直面している。確かに彼女の言っていることは理解できる面もある。もし自分が、当事者であったなら、多分精神科受診は躊躇するからだ。ただ、秀造には良太郎の扱いの経験があるから「一緒に診てもらおう」と誘い出したのだ。

総合病院は山手の閑静な地にあり、当地方における三次医療を担当する中枢病院の一つである。その初診受付カウンターで、秀造はかなり長い時間、係員と話し合いをしている。節子は、待合席でぐったりしていた。

受付職員が申し訳なさそうに、秀造に説明しているのだ。

「せっかくおいでいただいたのに申し訳ございません。以前は毎日診察させていただいていたのですが、精神科の先生やスタッフがなく、金曜日のみの診察で、それも系列病院からの応援です。こんなわけで、本日は受け付けすることができません」

と、丁重に断られた。

「それで、精神科専門の『こころの医療病院』へ行かれたらどうでしょうか。あちらでも、必ず受け付けてくれるとは限らないのですが……」

受付職員は、当病院の傍系病院で精神科のみの単科病院「こころの医療病院」を紹介してくれた。この病院から五キロメートルばかり離れたところにあり、以前は市民から「精神別館」と特別な意味合いを込めて呼ばれていた。今でこそ精神病患者の人権は尊重されているが、古くは社会的に異端者扱いされ、隔離されていたのだ。

早速、紹介された「こころの医療病院」に出向いた。が、ここでも受診することができなかった。

「申し訳ございませんが、こちらでは初診の患者さんは、自傷行為や凶暴性があるなどの緊急性のある場合を除き、ご遠慮願っています。ご存じかと思いますが、今、地方の病院では、精神科の先生が不足しており、また精神科を担当できる理学療法士や作業療法士も不足しています。この方々は都会の大手病院に集中しており、当院も残念ながら万全な医療体制が組めていません。それでトリアージ（災害時の治療順位づけ）ではありませんが、開業医さんが対応しがたい重症患者さんのみ受け入れていま す。現在のところ、その対応で精一杯の状態です。ですからひとまず開業医さんに診てもらってください」

と説明され、開業医の一覧表を渡された。秀造はすんなり納得しにくかったが、受け付けてくれないものは仕方がない。やむなく、紹介された何軒かの中で、比較的自宅から近い医院を訪ねた。

医療関係者の偏在は以前から取り沙汰され、都市集中を避けるため、大学病院や都市にある総合病院での医師研修制度の見直しを行ったり、医科大学や大学医学部学生の選考に当たり、地方枠を設けたりするなど、偏在をなくすためにいろいろ取り組んでいる。だが、実態は相変わらず大都市の大手病院や、医科大学附属病院に集中している。地方では産婦人科、小児科、精神科関係などには医師が手配できないため、診療科目を閉鎖している病院が増えてきた。

開業医は、二十分ばかりかけて、いろんな問診を続けていたが、

「そうですね、ひとまず薬で対応しましょうか」

と、診察結果を自信なげに説明してくれた。二週間ごとに薬が適しているかどうかをチェックしながら、薬物療法を長期間続ける必要があるとの所見だ。早速精神安定剤などが処方された。

良太郎の病状は、神経内科医の指示の通り、処方された薬を飲み続けているのに、人を疑うことがますますひどくなってきた。荷物を届けに来た宅配員を、あの者は宅配員を装ったこそ泥で、俺の退職金を狙っていると言いだし、家に入れず追い返す事態にいたった。仕方なく秀造は、家の外で宅配便を受け取った。それは良太郎の兄弟からで、ミカンの箱詰めだった。現物を見せれば、ようやく納得する状態だ。

ご近所からの回覧板なども「持ってきた者は近所の者じゃない。怪しいやつだ」と口にするとともに、ノコギリを手元に置いて、襲ってきたら叩きのめしてやる、と喚きだした。ここで不思議に思ったのは、護身や襲撃用になんでノコギリなのか理解できないが、当人はそれが最も効果的なのだと主張している。

どうやら強迫観念にとらわれているようだが、気になるのは、振り回すことによって家具や壁が傷つかないか、また彼自身が怪我をしないかである。彼はノコギリを正眼に構え、異常な目つきで各部屋の中を覗いて回っている。

かかり付けの神経内科医に相談すると、

「危険度が高くなってきたので、入院させる必要がある。『こころの医療病院』と相談してみる」

と言いだした。その夕刻、医師から相談結果の報告があった。

院長と相談したが、「医師はじめスタッフが少ない現状の中にありながら、さらに最近医師一人が大学病院へ引き抜かれてしまったので、新たに入院患者を受け入れることができない。受け入れ態勢が整ったら優先して入院させるから、しばらくそちらで対応してくれ」とのことである。「それで、幾分強めの安定剤や鎮静剤を用い、興奮を抑えていきたい」とのことだった。

秀造は妻の看病もさることながら、良太郎の言動に目が離せなくなってきてしまった。

二　二重介護からの解放

梅雨も明け、入道雲が天空に立ち上がる時候となってきた。

秀造は庭の掃除をしようと思い、外に出たが、強い日光のまばゆさに、立ちくらみがしてしまった。その原因は多分、節子の徘徊が気になり、熟睡ができない日々で体力が衰えてきたのだろう。

秀造は若いときから登山と水泳をこよなく愛し、例年、梅雨明けとともに遠泳を始めるのだが、今年はとてもそんな気分になれない。また、夏山のお花畑を楽しむ余裕もない。年のせいもあるのだろうが、姿勢も前屈みとなり、ともすれば首が前に垂れてしまう。実にオジンくさくなってきてしまったものだ。

昼過ぎに良太郎の話し相手をしているとき、彼が、小便の出が悪くなるとともに、疲労感が高まってきたと言いだした。彼は、数年前から腎臓を悪くし、既に片方の腎臓は病変がガン化したため摘出している。そのガンが肺にも転移し化学療法を続けていた。

早速、以前入院していた総合病院へ出向き、診察を受けたところ、腎臓の機能が低下しており、再度、入院して治療を要するとのことだった。実は、秀造は良太郎の幻聴幻覚の対応に悩まされていたから、入院は天の助けだった。

秀造にとって良太郎への対応は妻の対応と重なりあうから、気疲れと体力の消耗に悩まされていた。秀造が良太郎のところへ出向く間は、節子の身辺については、介護事業所のスタッフや身内の者に、委ねなければならなかったのだ。

入院によって、良太郎の身辺の世話の負担はうんと軽くなってきた。汚れ物を隔日に取りに行き、半時間ばかり話し相手をしてくるのみになった。自分では二人の世話を、何とかこなしていると思っていたが、最近、胃の働きが鈍くなり、いつも閊《つか》えたような気分になることが多くなってきた。食あたりとか直接的な原因に心当たりがないものの、その閊えが夜間にまで及び、寝ていても、うなされることが多くなってきた。

秀造はかつて、世界遺産「紀伊山地の霊場と参詣道」の語り部をしていた。それが夢に出る。参詣客を案内しようとするのだが、足が前に出ないのだ。焦れば焦るほど、身体が硬直して、案内できなくなってくる。その繰り返しに、とうとううなされて、その声で目を覚ましてしまうのだ。

「紀伊山地の霊場と参詣道」は、俗に熊野古道といわれ、世間の生業《なりわい》や雑事で弱った身体や傷ついた心の、癒やしと蘇りを求めて、熊野三山（熊野本宮大社・熊野速玉大社・熊野那智大社）へお参りする参詣道だ。平安時代から皇族方をはじめ多くの庶民が、熊野の霊峰に鎮座している八百万《やおよろず》の神々に救いを求めるとともに、御仏が設けた浄土を求めてくる。

不思議なことに、その夢の中に良太郎と節子の姿が見えるのだ。二人は、手を空に差し出して、何かを呟き、救いを求めているのだが、その声が聞こえない。秀造が聞き取るため近づこうとするのだが、足が鉛のおもりをつけたように、全然動かないのだ。金縛りにあったようになり、身体全体が硬直してしまった。またもや、自分のうめき声で目を覚ましたが、寝汗がすごかった。

寝苦しさから逃れるため、真夜中ではあったが、缶ビールを片手に、近くの河原を散策することにした。都合良く、節子はいびきをかいて眠っている。

夜風が肌に快い。岸辺では、ウシガエルが「ゴーゴー」と太い声を出しており、夜陰に響く声は腹に響く。中州ではアオサギと思われる鳥が、数羽並んで立ち寝している。通常、アオサギは大木の枝に止まって寝るものだが、どうしたことだろう。月の光の中に鳥たちの並ぶ姿が、淡く水面に映っているのは、実にファンタジックで、眺めているうちに心が休まってきた。

歩きながらビールをあおったが、実に美味い。忘我の気分とはこのことだろう。二人の患者の今後のことは、明日以降じっくり考えれば良いことだと割り切って、のんびり家路についた。

三　攻撃的言動と強制退院

総合病院の病室で、秀造は良太郎から頼まれた。

「秀ちゃん、俺、免許の更新時期なんよ。こんな状態やから、どうしたらよいか分からないのや。更新時期の延長が認められるかどうか、警察に問い合わせてくれないかなあ」

「うん、了解」

秀造が病室から出てくるのを待っていたかのように、看護師から呼び止められた。

「主治医からお話があるのですが……」

と言いつつカンファレンスルームに案内した。間もなく主治医が入ってきて、

「実は入院の際、本人さんや息子さんから、延命措置は必要ないと伺っていたのです

が、積極的治療についてはどうですか？」

と積極的治療という、聞き慣れない言葉で意見を求められた。秀造が問いかけられている意味を理解できないでいると、看護師が補足して説明してくれた。

「延命措置は主として、治る見込みがない状態でありながら、生命を維持させるため、集中治療室や個室に入ってから、心臓マッサージや酸素吸入などの処置が多いのですが、積極的治療というのは、同じように命を長らえさせるために、栄養剤やビタミン剤を点滴注入したり、喉からパイプを差し込んだり、腹部に穴を空けて流動食を注入する場合が多いのです。もちろん回復に向かって用いる場合は問題ないのですが、病状が悪化してきて、治る見込みがほとんどないのに、あえて生きながらえさせようとすることで、結果として本人に苦しみを続けさせることになり、我々医療従事者にとって、その措置が患者さんのためになるのかどうか、非常に悩むところなんです」

「今すぐでなくとも結構ですので、田中さんの息子さんと相談しておいてください」

主治医は、秀造の顔を覗き込むようにして語っているが、しかし、良太郎の病状がそのような状態になっているのかどうかの説明はなかった。あくまでも念のため、とのことである。

運転免許センターに問い合わせると、本人が出頭して手続きをしないと、代理では受け付けられないとのことだ。それは当然だろう。免許証に貼る写真は、更新現場で撮影するのだから。また、海外に赴任中とかで、更新手続きが取れないことが証明できる場合は、延長できることもあるが、国内在住の場合は、更新手続き期間が長いから、その間に手続きをすれば良いことで、延長は認められないとのことであった。

息子の良治は、父が八十四歳にもなっていることと、精神的に不安定なことが多いから、この機会に免許証を返納させたい意向だ。良治が父親にそのことを話すと、良太郎は烈火のごとく怒った。

「お前は、俺の生活にまで干渉することはない。俺は運転できないと困るのだ」

と言い続け、良治を困らせている。秀造は、二人の間に挟まれ、どうしたらよいものか思案にくれた。

秀造は病院から「良太郎さんのことで相談したいことがあるから」と呼び出された。看護主任の話では、良太郎が看護師詰め所に入り込んできて、

「俺はこの病院で、腎臓の摘出手術を受けたが、そのときは一方の腎臓が調子よく働いているから、今後の生活には支障ないでしょうと、インフォームドコンセント（病状説明）とかで、格好の良いこと言いよって、今になって、再度入院せよとは何事だ。患者に多く負担と金を払わしておいて、再発とはけしからん。口先で患者をたぶらかす医者なんて、藪医者もいいところだ！」

などと大声で喚きだしたようだ。

「お兄さんから、詰め所で不平不満を怒鳴るのはやめるように言ってもらえないでしょうか」

と要請されたが、病室へ戻ると、本人は同じことを秀造に告げた。説得を聞き入れる雰囲気ではない。

「そのときの医者は、機械の修繕はエンジンを切って行わねばならないが、人間は生きたまま修繕できる、とまで啖呵を切っておきながら、何事だ！」

と、興奮は静まりそうにもない。

再度、病院から、良治と秀造に呼び出しがかかり、二人は出向いた。主治医は困惑した表情で告げた。

「どうも最近の言動が支離滅裂となってきており、精神状態がおかしいので、一度専門医の診察を受けるようにしましょうか。その結果次第で、今後の治療方針を決めましょう」

と、内科治療よりも精神科治療の方にウエイトが置かれてきた。

「なにぶんよろしくお願いいたします」と二人は主治医に頭を下げるのみである。

系列の精神病院の医師から、診察の結果が届いた。病名はアルツハイマー型認知症とされており、認知機能障害、情緒不安定などの症状があり、今後の回復の見込みはない、との手厳しい所見だ。

しかし、良治はこの結果を見て喜んでいる。認知症と診断されたら、運転免許の更新はできないからだ。早速、父親の免許証と診断書の写しを持参のうえ、運転免許センターを訪れた。係の警官は上司に何事か相談していたが、上司がすぐさま、免許証に「失効」との赤い印を押した。警察は道路交通法の改正により、医師が認知症と診断すれば、免許を失効させねばならないことになったのだ。

息子は、自分からそのことを父親に告げることができず、秀造に説明してやってくれと、懇願している。

説明すると、やはり良太郎は怒った。

「あんたはね、僕のことを思ってくれていないんだ。俺を小馬鹿にしているよ。俺にも行きたいところがあるのや。免許証がなかったら動きが取れず、どうせいと言うんや」

「そんで、どうしても外へ出て行きたいのだったら、僕に連絡してくれたら、車で行きたいところまで送り迎えするから……」

良太郎は憤懣やるかたないようだったが、秀造から、行きたいところがあれば送ってあげると言われ、しぶしぶ怒るのはやめた。

それから数日後、秀造あてに「本人限定受取」と朱で表示された封書が届いた。良太郎からである。二日に一度は病室を訪ね、顔を合わせているのに、わざわざ近くの郵便局まで出向いて、発送していたのだ。

「自分を馬鹿にしたり、騙す者は、誰彼なしに殺す。そして自分も死ぬ」と、極めて過激な内容である。秀造は、内容の過激さもさることながら「本人限定受取」便などあることをよく知っていたものだと驚かされた。

秀造は電車の車窓から、眺めるともなくぼんやりと紀伊水道の沖合に視線を泳がせている。今日は関与しているNPO法人の依頼で、大阪で開かれた会議に出席したのだが、会議の最中にも眠気がし、内容を聞き取るのが精一杯だった。自分が感じているよりも、疲労が蓄積されているのだろう。帰りの電車に揺られると、すぐ寝入ってしまい、ようやく目を醒ましたところだ。

帰宅すると間もなく、病院から電話がかかってきた。

「田中さんの姿が見えないので、探したところ、荷物を全部持って、玄関の総合待合室で、秀造さんが迎えに来てくれるのを待っているんだ、とのことなんです。いくたびか説得しても聞き入れてくれず、病室に戻ってくれないのです。至急こちらへご足労いただけませんか」

秀造が病院に駆けつけたところ、良太郎はまだ玄関の待合室で座ったまま、看護師と言い争っていた。

「やー、良太郎さん、こんなところで何しているのよ」

「秀ちゃんか。迎えに来てくれたの」

看護師が目配せをしている。

「あれー。僕が迎えに来るって、それ何のこと?」

「昨日、秀ちゃんが言ってたじゃないの。明日退院するので、迎えに来るからって」

「今大阪から帰ったばかりで、明日は出張だから来れない、と言ったはずだが……」

「うん、そういえば、そんなことも聞いたわな。——俺わけが分からんようになってきた。そんじゃ戻るとするか」

看護師は良太郎を抱えるようにして連れて行き、秀造は荷物を持って病室まで付き添った。

そのとき、看護師から、

「帰りに、詰め所に寄ってくださいね」

と言われた。詰め所へ行くと、医事相談室へ案内された。そこには主任看護師とケースワーカーが座っており、しばらくして、主治医が現れた。

「実は、本人さんが口癖のように『帰りたい、帰りたい』と言いつのっているのですよ。そのままにしておくと、精神的には良くないとの精神科医のアドバイスがあってね。腎臓病や肺がんの方は、薬さえ続けて飲んでくれれば、問題がないんでね、退院していただけますか」

との退院通告だ。主任看護師やケースワーカーとのやりとりの中で、どうもその背景には、良太郎の言動を持て余していることが感じられた。特に今日、待合室で迎えを待つ事案が発生したことにかこつけて、退院させることにしたのだろう、としか思えない。

もともと現在の医療保険制度では、入院は原則三カ月が限度だから、退院を通告されても致し方がないのだが、加療中の患者を退院させるのは納得がいかないと抗議し

た。すると主治医は、

「入院してまでの加療の必要性は認めない。通院は月に一度の診察でよい」

と素っ気ない返事だ。

追っかけるようにケースワーカーが、

「ご家庭でのお世話は大変でしょうけれど、病院は福祉施設ではありません。当然のこととして、老人預かり所ではないので、ご理解をお願いいたします」

と、医療行為の範囲と、老人福祉行政との差異を説明した。


大手病院には地域医療連絡室という、医療機関同士や、福祉と医療機関の調整機能を持つ組織が設けられている。秀造はそこを訪ね、良治が一人暮らしをしている家庭環境や本人の言動を説明し、アドバイスを求めた。

「独居の高齢者ですから、まあ、結果はどうなるか分かりませんが、介護認定を申請されたらどうですか。それによって養護老人ホームなどに入れる可能性がありそうです」

そこで一息いれ、

「その結果が出るまで、どこかへ転院されたらどうでしょうか」

と、けったいなアドバイスをしてくれた。聞きようによっては、三カ月問題をクリアするよう、医療機関を渡り歩いたらどうかと暗示しているのだ。そして市内のある中堅医療機関を受診するよう、匂わせてくれた。

その医療機関は患者をほしがっているからだ、という。またその医療機関には老人保健施設が併設されており、介護認定を受けられたら、その面でも相談に乗ってくれるでしょう、とのアドバイスだ。

秀造は帰宅後、その医療機関のホームページを見た。母体は医療法人で、病院では内科、外科とも診療しており、なお七十床の老人保健施設が併設されていた。

転院は成功し、身辺に生じるいろんな事案は病院で管理してくれ、ひとまず秀造は介護から解放された。ここでも、入院時に本人及び家族への問診票の提出を求められた。病歴などの質問事項以外に、「延命措置を必要とするか」の項目があり、良太郎は不要と意思表示し、本人と息子・良治の署名を求められた。

秀造は妻の介護がおろそかになりかけていただけに、良太郎の再入院はありがたかった。特に、良太郎の言動が攻撃的になってきていたから、その面でも助かった。

秀造は、地域医療連絡室の係員がアドバイスしてくれた通り、市役所の老人福祉担当課を訪ねた。係員は、

「現在入院されているものの、いずれ退院しなくてはならないだろうから、介護体制が必要でしょう。介護認定申請をしていただければ、審査させていただきます」

と言いながら、介護申請書の記入を指導してくれた。

早速、二日後に病院まで市役所の担当保健師さんが訪ねてくれ、秀造の立ち会いのもと、介護認定に係る聞き取り調査を実施してくれた。調査内容は八十項目近くあり、運動能力、生活能力、判断力及び介護者の有無など、多岐にわたっていた。

通常は月一回の判定協議会で審査してくれるとのことだったが、二十日後に認定通知が届いた。要介護3である。また病状の変化により介護認定を見直すと添え書きさ

れていた。

時の経つのは早いもので、外気はもう秋の風となってきた。いつも散歩する河川敷では、ススキの穂が既に白くなっている。また、ツバメをはじめ、夏を過ごした渡り鳥たちが一斉に帰り始めている。電線に無数の鳥たちが集まり、一斉に飛び上がって、渡り鳥独特のV字型編隊を組んで飛ぶ様は見事で、見飽きない。

しかし現実に戻れば、鬱陶しい事態になっている。良太郎が再入院先でも、とかくトラブルを起こし、退院を通告されたのだ。表向きの理由は、救急患者が増え、ベッドを空けねばならないというのだ。

退院前日に、当人の介護について、市の保健師を交え、介護事業所のケアマネジャーと、良治、秀造とで、今後の介護計画の検討をした。当院付属の老人介護施設も満杯で、また他の福祉施設も、特別養護老人ホームや軽費老人ホームなど、どのレベルの施設とも満杯で、待機者が多くいる状態だったから、やむなく自宅療養をしなければならないことになった。ケアマネジャーは、当人が独居老人だから、朝夕ホームへルパーを派遣し、炊事や掃除を担当させることを提案してくれた。午前は八時に来て、朝ご飯と昼食を作ったあと、部屋を掃除し、午後は四時に来て、夕食を作るのとトイレの掃除をする。それに、一週間に二回の入浴を見守ることになった。

介護計画は整ったものの、秀造はホームヘルパー任せにはできないから、隔日に様子を見に行くことにした。節子の方をおろそかにできないから、毎日は来られないのだ。

良治は毎晩八時に電話を入れ、本人の安否を確認することにした。

結局、ホームヘルパーの訪問を含め、一日三回の安否確認が行われることになったことと、身辺のことはヘルパーが対処してくれるから、秀造の精神的、肉体的負担はかなり軽くなった。


秀造が小春日の下で庭木の剪定をしており、その様を節子が眺めている。穏やかな午後だ。節子は例のごとく秀造の姿を視界に入れておかないと落ち着かないようで、くっついて回っていた。秀造がちぢれたように巻き込んでいるレモンの葉を持ってきた。

「節子、その葉っぱの中を見てごらん」

節子は何事かと覗いた。何のことはない、冬だというのに、テントウムシが数多く集まっていたのだ。「わあ、きれい」節子は子どものように声を上げて喜んでいる。この虫は越冬するとき、押しくらまんじゅうをするように、集団となって過ごすのだ。


秀造の携帯電話が鳴った。良太郎の世話を担当しているホームヘルパーからだった。

「良太郎さんが、あなたに相談したいことがあるから来てくれないか、とのことなんです」という。

秀造は隔日に訪問しているのに、わざわざ呼び出しがかかるとは、何事が発生したのか気になった。ただ、急なことなので、節子を見守ってくれる者の手配ができない。家を出たがらない節子を説得して、車に乗せ、良太郎の家に向かった。

良太郎は地方新聞を指さして、

「秀ちゃん、この広告に、電動車椅子の試乗サービスをするって載ってるの。俺、これを試したいので、会場まで送ってくれないか」

福祉器具会社が展示会を開催し、試用サービスをしているのだ。

「でも、もう夕方で、寒くなるから、明日にしたら」

節子の介護をしてくれる人がないから、やんわりと断った。

とたんに、彼は血相を変えて怒鳴り始めた。

「秀ちゃんは、俺の運転免許がパーになったとき、行きたいところがあったらいつでも送ってくれるって、約束したじゃないか」

確かに、運転免許返納の際、息子と自分に激しく苦情を言いだしたから、怒りをなだめるため、約束したのは事実だった。彼の興奮が異常だったから、これを断るととんだ修羅場になると思われ、

「じゃ、家内の守りをしてくれる人を手配するから、それまで待ってくれ」

と、応じるより仕方がなかった。守り役は、いつも来てくれている友人の一人が引き受けてくれた。

夕食の準備をしているヘルパーに頼む。

「出かける服装に着替えさせてやってくださいな。この人は一旦言いだしたら、引き下がってくれないのでね」

二人の会話を聞いた良太郎は怒りを収め、ニコニコ顔になっている。

「すぐ来るから、出かける準備をしておくのやで」

と言いおいて、節子を自宅に戻した。

良太郎は車の中で、

「秀ちゃんな。ヘルパーは、栄養のバランスを取る必要があるからと、雑炊や煮込みご飯が多く、おんなじもので飽きてくるの。そんでな、電動車椅子が来たら、近くの寿司屋でニギリを買ってくるのや」

と嬉しげに、理由を説明している。

展示会場では、いろいろな福祉器具を試しに使っている人たちが多く、混雑していた。駐車場では周辺をロープで仕切り、車椅子や三輪自転車などの試乗が行われていて、その中に電動車椅子も動いていた。彼はごく最近まで乗用車を乗りこなしていただけに、係員の説明を聞くとすぐ動かすことができ、嬉々としてコースを繰り返し走っている。

良治が帰ってきた機会に、ケアマネジャーを交え、電動車椅子を使わせることについて相談を始めた。

ケアマネジャーは、住宅街は道路から家に入るため、玄関前の歩道が斜めになっており、「平坦部分のみではないから、横転の危険があり、見合わせた方が無難」との意見だ。良治は、電動車椅子代三十五万円近くの出費を心配し、乗れる期間が短いから、と消極的だ。しかし、費用については心配しなくともいいことが分かった。社会福祉協議会が一カ月三千円で貸し出しているからだ。

「伯父さん、確かに歩道はデコボコが多く、またこの付近の車道は水はけを良くするため太鼓型になって、路側が下方にカーブしているから、危険ですね。けれど、親父は、じゃやめようかとは言わないだろうな」

「ありうる。俺をまた縛り付ける気かって、怒鳴りだすだろうな」

良治は考え込んでいたが決断したのだろう。

郵便はがき

料金受取人払郵便

新宿局承認

3971

差出有効期間
2022年7月
31日まで
(切手不要)

1 6 0-8 7 9 1

141

東京都新宿区新宿1－10－1
(株)文芸社
愛読者カード係 行

お名前《ふりがな》			明治 大正 昭和 平成	年生 歳
ご住所《ふりがな》	□□□-□□□□			性別 男・女
お電話 番 号	(書籍ご注文の際に必要です)	ご職業		
E-mail				
ご購読雑誌(複数可)		ご購読新聞		新聞

最近読んでおもしろかった本や今後、とりあげてほしいテーマをお教えください。

ご自分の研究成果や経験、お考え等を出版してみたいというお気持ちはありますか。

ある　ない　内容・テーマ(　)

現在完成した作品をお持ちですか。

ある　ない　ジャンル・原稿量(　)

書　名				
お買上 書　店	都道 府県	市区 郡	書店名	書店
			ご購入日	年　　月　　日

本書をどこでお知りになりましたか?

1.書店店頭　2.知人にすすめられて　3.インターネット(サイト名　　　　　　　　　　　)

4.DMハガキ　5.広告、記事を見て(新聞、雑誌名　　　　　　　　　　　　　　　　　)

上の質問に関連して、ご購入の決め手となったのは?

1.タイトル　2.著者　3.内容　4.カバーデザイン　5.帯

その他ご自由にお書きください。

(　　　　　　　　　　　　　　　　　　　　　　　　　　　　　　　　　　　　　　　)

本書についてのご意見、ご感想をお聞かせください。

①内容について

②カバー、タイトル、帯について

弊社Webサイトからもご意見、ご感想をお寄せいただけます。

ご協力ありがとうございました。

※お寄せいただいたご意見、ご感想は新聞広告等で匿名にて使わせていただくことがあります。

※お客様の個人情報は、小社からの連絡のみに使用します。社外に提供することは一切ありません。

書籍のご注文は、お近くの書店または、ブックサービス(0120-29-9625)、セブンネットショッピング(http://7net.omni7.jp/)にお申し込み下さい。

「リスクは高いけれど、怪我をすれば懲りるだろうから、ＯＫしますか」

協議の結果は、これを認めないと本人が大荒れしそうなので、了承することにした。

四　幻聴、幻覚に振り回される日々

　夜が明けて間もなく、玄関のチャイムが鳴った。こんな時間に誰が来たのかと秀造は気にしつつ、玄関の扉を開けると、節子の従兄弟に当たる男性が緊張した面持ちで立っていた。

「秀造さん、夕べ十時頃、節ちゃんから『武志が倒産して、自殺すると言ってるの』と、泣きながらの電話を受けたのや。それ本当か」

と、とんでもないことを聞かされた。節子の弟、武志はスーパーマーケットを営んでいるが、彼の店が倒産したというのだ。それを聞いた従兄弟は、本人に確認するわけにもいかず、夜が明けるのを待ちかねて駆けつけたという。

「いや、そんなことはないよ。昨日彼から、誰かパートさんを紹介してくれないかと頼まれたばかりだ」

と答えたが、秀造はピンと感じるものあったので寝室に戻ると、節子は高いびきで寝ている。夜中にあちこち電話し、疲れが出たのだろう。

「実はねえ、家内は体調を崩し、今、精神科の先生に診てもらっているの」

と、実情を話した。

「そうじゃないかと思ったんや。話の終わり頃、なんか意味の分からないことを言っていたんでね」

彼は納得して帰った。

「だんなさん、ちょっと耳に入れておきたいことあるんやけど……。昨日の夕方、奥さんから『山本さん、交通事故で亡くなったらしいの』と聞いたのだけれど、本人はピンピンしてるで」

ごく近所に住む女性からの通報である。

秀造は毎日こんな話を聞かされ、あちこちに謝りに行かなければならなくなってきた。当の本人は、自分の言動を全く覚えていないらしく、こちらから問いただすと、キョトンとしていた。目は澄んでおり、何のてらいも見られない。かなり強度の幻聴・幻覚症状が現れたようだ。それにしても、幻聴や幻覚で見聞きしたことを、第三者に話してしまうのが厄介だ。そのたびに、誰かに迷惑をかけているからだ。

医院待合室には六、七人の患者が待っている。診察は予約制だが、診察や治療に時間がかかる患者があり、どうしても時間がずれ込んでくる。節子は待っている間にも、幻聴が発生しているようで、誰かが呼んでいると口走っている。

秀造は、このような病気は高齢者がかかるものと思っていたが、案外若い女性が多いのに驚いた。服装などは女性らしく小綺麗にしているが、表情が陰気なのだ。表情に変化が少なく、付き添いの家族ともほとんど会話をしていない。

節子の診察は予定より一時間ばかり遅れ、終わったのは十二時半になってしまった。帰りにコンビニに立ち寄り、弁当を買うことにした。

秀造は、節子を車に乗せたまま、急いで中に入っていった。ものの五分も経ないで店を出たが、車の周りに数人が立っており、輪の中で節子が泣き叫んでいる。車から出てきて秀造を呼んでいるのだ。

「お父さん、お父さん、どこへ行ったのよう。家が燃えてるというのに。お父さんたら、お父さん！」

秀造は慌てた。何はともあれ、節子を抱えるようにして車に戻った。周りにいた人々は、痛ましげに眺めているが、秀造はそんなことには気にかけず、泣き叫ぶ節子を、むりやり後部座席に押し込んだ。

節子は、我が家が燃えている情景を妄想しているようだ。泣き方が異常で、叫ぶように泣いている。

車を空き地まで移動させ、興奮が静まるのを待った。秀造の顔を見ると安心したのか、だんだん泣き方が収まってきた。家に着く頃には、何事もなかったかのように、後部座席でうつらうつらと居眠りをしている。

「先生、全く申し訳ないけれど、薬はきちんと飲ませてるのに、効いてこないんです。病状はますますひどくなってきましてねえ。皆さんに迷惑をかけ、難儀してるんですよ」

　医師は、すまなさそうに聞いている。

「それに、僕もほとんど眠らしてもらえないんですわ、徘徊しないか気になって」

　と数回あった話をしたら、

「そうか。それじゃ紹介状を書くので、『こころの医療病院』の方へ行ってくれませんか」

　と、ギブアップ宣言をされてしまった。


「こころの医療病院」では院長が直接診察してくれた。彼は精神科医の中でも専門医として登録されているエキスパートで、診察室の表示には精神保健指定医とあった。

彼はちらっと紹介状に目を通したあと診察にあたり、問診は二十五分以上かかった。

彼は、終わると看護師に何かを指示していたが、秀造の方を向いて、

「入院を必要とします」

　と説明した。

「本人の意向を確認してみますので……。お前、先生は入院した方が早く治る、って言われているのだが……」

「うちが、なんで精神病院へ入院せんならんのや。駄目ったら駄目、うち入院せーへんで」

と、いきり立ってきた。その対応を見ていた院長は、看護師に「医療保護入院」と大きな声で宣言した。

精神科の入院形態には三通りがあり、一般入院、医療保護入院、措置入院だ。

一般入院は通常の病気に多くみられる形態で、患者や家族が同意して行う入院だ。措置入院は凶暴性を持っているとか、自傷行為があるなど、問題性のある行動を取る患者は、本人や家族の同意がなくとも、強制的に入院させる措置だ。医療保護入院は、二つの中間的存在で、患者が同意しなくても、治療対策上入院させるもので、病状がかなり進行している場合に適応する。

節子は、当人が入院を嫌がっても、治療を早く行わないと病状が悪化すると判断されたのだ。看護師に指示をしていたのは、ベッドの用意をさせるためのようで、即刻入院を命じられた。入院に必要な洗面用具や下着など、取りに帰らせてもくれなかった。

精神安定剤が効いてきたのか、節子は移動ベッドの上で眠り始めた。眠ったのを確認した看護師は、秀造に入院や治療に関する諸注意を説明し、それらを記した書類に署名を求めた。それが済むと、入院心得なる印刷物を手渡され、ようやく入院に必要な諸道具を取りに帰らせてくれた。節子は看護師が病室まで運んでくれるとのことだった。

秀造は、家では女性の下着などさわったこともないから、タンスのあちこちをかき回して、パジャマ、パンツなど集めた。歯ブラシ、化粧品、洗面用具はじめ、入浴用の洗面器やバスタオル、洗剤など大慌てでまとめ、病院へ持ち込めたのは午後五時を回っていた。面会室で、搬入した品物の全てに、油性マジックで名前の記入が求められた。

秀造は八十二歳を迎えようとしている。定年退職後、再就職先を六十八歳でやめ、その後、世界遺産「紀伊山地の霊場と参詣道」の案内及び解説員の「紀州語り部」を七十五歳まで務めた。まだ自分自身は山歩きになんら支障がなかったのだが、参詣人に捻挫とか肉離れや熱中症などの不具合が生じたとき、救急車が来られる林道まで患者を担ぎ出す体力に不安が生じる。そのため、所属する語り部の会で、満七十五歳をもって引退する、との申し合わせがあったからだ。

さて、その世界遺産だが「紀伊山地の霊場と参詣道」と長い名称となっているが、一般的には「熊野古道」として、親しまれている。熊野の鬱蒼と続く峰々には、古くから八百万《やおよろず》の神々が棲んでいると信じ、山岳信仰の霊場として知られている。平安時代以前から、自然崇拝、アニミズムがめばえており、身体の不自由な者や、精神的に疲れた人々の「癒やしと蘇り」の地として知られていた。特に九〇七年に宇多上皇が参拝され、その後皇族方が百回以上にわたって参詣されたことから、霊験あらたかなことが全国に喧伝《けんでん》された。それで、皇族はじめ庶民にいたるまで、熊野へ熊野へとお参りし、参詣者が途切れることなく続き、「蟻の熊野詣で」といわれたほどだ。

その当時も瘋癲《ふうてん》といわれる精神障害者がおり、当人はもとより家族ともども快癒を求めて、熊野の神様におすがりした。後鳥羽上皇の紀行文などには、上皇は今でいう偏頭痛と鬱病に悩まされ、あちこちで、神様におすがりの祈りを捧げた様子が記されている。今も、ところどころに、その場所が史跡として、残されている

現在でも、少人数での参詣者の中には、やはり障害や病に悩む人々が参詣されているようだ。そのような人々は、霊域内の王子社に参拝し、深々と頭を下げ続けている。かなり長い時間祈りを捧げ続け、独特の雰囲気があるから、きっと大きな悩み事があるのだろう、と察せられる。

病院では、病棟が四棟に分かれており、凶暴性のある患者、自殺や自傷行為をするおそれのある患者、幻聴や幻覚で徘徊する患者、その他の精神病患者を、それぞれ別の棟で療養させているのだ。節子は徘徊棟に入ることになった。

秀造が防火扉のような鉄の扉の前で、インターホンに向かって「小泉節子の家族です」と名乗れば、中から看護師が応じ、鍵で扉を開けてくれた。その向こうにまた鉄

の扉があった。それを再度、鍵で開けてくれるのだが、その間、八畳ほどの鉄の部屋に閉じ込められた感じがした。秀造は経験がなかったが、刑務所は多分こんな状態だろうな、と思ったものだ。患者が扉に体当たりして外に出て行かないよう、二重扉となっているのだ。

中に入ると見違えるように明るい。看護師詰め所の前には大きな、食堂兼用の談話室があり、五十人は座れるだろう。横には面会室があった。明るくて広い廊下続きに病室があり、節子の部屋は約三畳の大きさで、備え付けの整理ダンス、ベッド、トイレがある。

秀造は面会室に通され、二人の看護師により、再度持ち物の検査を受けた。カミソリや鋏などの刃物類、化粧品やコップなどの容器にガラスが用いられていないか、また紐類が持ち込まれていないか、などの検査を受けるのだが、これは患者が自傷行為をしたり、他人を傷つける用具になりそうなものを持ち込まないよう、細心の注意を払っているのだ。

主治医から、病気の現状と、今後の診療方針の説明があった。

主治医は女性で、懇切丁寧に説明してくれた。インフォームドコンセントの見本のように分かりやすかった。症状は「高齢期精神病」で幻聴、幻覚が生じており、妄想と徘徊の原因になっているとのことで、最低三カ月の入院が必要である、と宣告されてしまった。入院期間は病状により延長される場合がある、とも付け加えられた。

主任看護師が、秀造に向かって、補足してくれた。

「ご主人は心配されると思いますけれど、本当は高齢期精神病という病名はないのですが、検査結果が出ないと病気の原因が分かりづらいので、総括的に表現しています。検査の結果、具体的な病名が出てきます。パーキンソン病やアルツハイマー型認知症など、具体的な病名がつきます」

主治医が再び説明してくれた。

「奥さんの症状は、心理的負担が増大すると、レビー小体という特殊なタンパク質が発生し、神経伝達を妨害していると思われます。ほとんどの精神病に共通していることですが、幻聴や幻覚などは本人にとっては全て事実なのです。そしてそれが、徘徊や妄想の原因となっています。ですから、周りの人は、ひとまず本人の言い分を聞いてあげてほしいのです。そうすれば、レビー小体の増加を防げるのです。レビー小体型認知症は、アルツハイマーに次いで高齢者に多い精神疾患で、症状が出ているときと、そうでないときがあります。だから、周りの人にとっては、付き合いにくい面があると思います。精神病患者の介護には、気長に付き合っていく根気が求められます」

秀造は良太郎の場合からも、この病は周辺にいる者の細やかな配慮が必要であることを実感している。

「今後の治療の基本は、精神的安定です。しばらくは、なるべく刺激を与えないようにして、静かに療養していただくのが良いと思います。面会はご主人のみで、子どもさんやお孫さんであっても、ご遠慮いただきたいのです。ご協力をお願いします」との宣告だ。

世間一般には、このような病気にかかると、隠してしまう傾向がある。妹婿の田中良太郎の場合も、田中家の親族の意向は「内密に」ということで、表には出していない。だが、節子の場合、秀造はオープンにすることにした。

「奥さん、最近見かけないけど、どうかされたんですか」

と親類やご近所の人々、それに彼女の友達からも声をかけられることが多い。本人が皆さんの目に触れる、徘徊している事実があることから、ある程度の病状を話し、理解と協力を求めている。退院したとき、徘徊を見つけたら知らせてもらうか、連れ戻してほしいからだ。

秀造が、もう一つ悩ましく思うのは、病気見舞いをどうして防ぐかである。主治医から「刺激をできるだけ防ぎたいから、見舞いは自粛してください」と協力を求められているからだ。

近年、精神病患者の人権を重く扱い、基本的には面会謝絶など、社会から隔離するような措置は執っていない。かといって、治療効果からみれば、なるべく刺激から遠ざけ安静を保つ必要がある。だから医師たちは家族に「協力」を求めているのだ。秀造はやむなく、近所の人たちに「家内は、大阪方面の病院へ入院させている」と嘘をつき、病院名も明らかにしていない。

世の中には、人より早く情報を手に入れ、とかく尾ひれをつけて言いふらす者がいる。女性間のトラブルは、この情報伝達が原因となっていることが多い。今、彼にそれとなく接近して、節子の病状と所在を取材したがる者が何人かおり、秀造はそれらの人には用心深く接している。せっかく安定方向に向かっているのに、刺激を与えて元の木阿弥になってほしくないからだ。

秀造は、彼女の汚れ物を病院へ隔日に取りに行っている。節子は、そのときが待ち遠しいらしく、詰め所の看護師たちが嬉しいこと伝えてくれた。

「お父さん、お父さんと言って、おいでになるのが待ち遠しいようなんです」

本当に嬉しいことである。元気なときは、彼の挙動に全然関心を持ってくれていなかったからだ。しかし、帰るとき、さみしそうにされたのには心が痛んだ。

ある日の面会室でのことである。節子は、老いた婿の母親と抱き合って泣いている。面会が初めて許され、娘夫婦と婿の母親が見舞いに来てくれたのだ。秀造は事前に、「面会すれば、多分本人は、自分の無様な姿を見せることを悲しんで泣きだすと思います。先生から『できるだけ刺激を与えないよう、平穏に面会願います』と指示されてるので、どうか泣きだしても、しばらくじっと見守ってほしいのです」

と協力を求めていたのだが、意外な場面になってしまった。予想していた通り節子は泣きだし、婿の母親に抱きついたのだ。どうしたことか母親もつられて泣きだし、雰囲気が大変なことになってしまった。秀造は慌てて二人を引き離し、椅子に座らせた。娘夫婦も成り行きに途方に暮れている。婿は、母親を抱きかかえるようにして座らせているが、どうもお母さんは泣き止んでくれない。かえって節子の方が泣き止み、

「どうも遠いところを見舞っていただき、ありがとうございます」

と見舞いの礼を言い始めたではないか。これには秀造は、いささか驚いた。


節子は、看護師詰め所で「帰りたい、帰りたい」と言い続けているそうだ。

「お父さんは、何をしてるのよ。早く退院手続きを取ってくれたらいいのに……」

面会すると、秀造に向かって、主治医に退院交渉をしなさいと繰り返し言い始めた。

汚れ物を取りに病棟を訪問した際、看護師が「先生からお話があります」と告げにきた。主治医は既に看護主任と一緒に、面会室で待ってくれていた。

「ご主人もご存じのように、節子さんは帰りたい一心です。あまりこじらせるのも良くないので、一度外泊してみましょうか」

と提案し、隣の主任看護師に向かって、外泊許可の手続きを取るように指示している。

「今回は二泊とします。この薬は異常が見られたときの鎮静剤です。まず一錠を飲ませてください。多分それで治まると思いますが、もし興奮が続くようだったら、半時間後に、追加して一錠飲ませてください。二錠以上は絶対飲ませないでください。薬の副作用が強く出ますので……。薬の管理はご主人が直接行ってください。なお、お休み前に、こちらの薬をそれぞれ一錠ずつ飲ませてください。安定剤と睡眠薬です」

節子には事前に話をしていたようで、持ち帰り品を詰めた袋を持って、嬉々として面会室に入ってきた。全く子どものように無邪気に喜んでいる。それを見ると主治医も微笑んで、

「さあ、お父さんが迎えに来てくれたのよ」

と、ともに喜んでくれている。

病棟を出た節子は、喜んでいるわりには、歩くのが遅いのだ。四、五歩歩くと、一休みだ。それの繰り返しだが、秀造は荷物の入った袋を手にして、気長に待っていた。

事前に、看護主任から、

「薬の副作用で、身体のバランス感覚が弱っているので、ころばないか、十分気をつけてあげてください」

とレクチャーされていたのだ。片手で節子の手を引き、全くカタツムリのようにゆっくり進んでいる。

家に着くと、満面に笑みを浮かべて、先祖へのご挨拶だ。やはり自分が病に倒れたことを、先祖が一番心配してくれていると思っているのだろう。

「心配をかけてすみません。無事帰ってきました」

と挨拶をしている。

さて、ここで困ったことが起きてしまった。家に入る姿を近所の人に見られていたらしく、早速、見舞いに来てくれたのだ。主治医からは、

「当分の間、面会は避けてほしい。自分のみすぼらしくなった姿を見られた、と気に

する患者が多いのと、話をすることにより神経が昂ぶるので、安静を保つために守ってください」

と念を押されていた。

秀造は、見舞いに来てくれた人を追い返すわけにもいかず、節子を二階に運ぼうとするのだが、薬の副作用で身体のバランスが取れず、なかなか上がれなくて、かなり長い時間を要した。

「どうも待たせてすみません。ちょっと用を足しておりましたものですから」

と、嘘をつきながら謝った。

「お見舞いに来ていただいてありがとうございます。実は本人の精神状態がまだ不安定なので、医師から面会を控えるようにと注意されており、会っていただくことができないので、誠にすみません」

と、頭を下げた。

引き続き、何人かの見舞い客が訪れてくれた。それは、ありがたいのだが、説明するのが面倒になってきた。

秀造はこれに懲りて、玄関と勝手口を中から鍵をかけて、居留守を決め込んだ。

節子は籐の安楽椅子に腰掛けて、満足している。にこにこと微笑みながら、秀造に声をかけてきた。

秀造にとって助かるのは、節子が妹婿の良太郎のように、他人を疑ったり、誹謗しないことだ。もちろん凶暴性もない。

夕食はきつねうどんだ。節子のたっての要望で、油あげだけが入ったシンプルなうどんだが、とても美味しそうに食べている。運動量のわりには食欲があり、どんぶりのほとんどを平らげた。秀造は晩酌を少なめにし、うどんの付き合いである。久方ぶりの二人での食事だが、質素な食事のわりに気分はゴージャスになり、節子は満足げによく喋っていた。

ごそごそと音がする。すわ徘徊が始まったのかと思い、秀造は飛び起きた。節子が布団の上に座っている。何事かと思って彼女の顔を見て驚いた。顔面が白く無表情なのだ。デスマスクのような凍りついた顔だ。秀造はぞっとした。死体が起き上がってきた感じさえしたからだ。五分くらい経ただろうか、何事もなかったかのように横になり、いびきをかき始めた。

そのような現象が、一晩で概ね二時間ごとに、三、四回繰り返されただろう。秀造は、そばで寝ることができずに、空が白み始めた頃から、玄関脇の部屋のソファーの上で横になり、まどろんだ。万が一、徘徊に出かけようとしたとき気付きやすい位置だからだ。節子は七時半頃何事もなかったかのように起きてきて、朝ご飯をほしがった。朝食は前の晩に炊いておいた、白粥に、ゆで卵、ちりめんじゃこ、わかめの佃煮、金山寺味噌の副食だ。特に冷蔵庫で冷やしたお粥と、金山寺味噌が気に入ったようで、喜んで食べていた。

秀造は、食事に付き合っている間をはじめ、日中もうつらうつらの状態で、起きているのか、居眠りしているのか分からない、おかしな気分だ。節子は三度の食事が待ち遠しいようで、絶えず食べ物を口にしたがっていた。

次の夜も前日と全く同じ状態で、夜中に三、四回以上起こされた。昼食後、病院を出るときに持参した小物類をバッグに詰めていると、節子から話しかけられた。

「あんた、お願いがあるの。うち、このまま家にいたら、いけないかしら。家の方が落ち着くんで、病院へ行きたくないの」

と言いだした。

「でも先生からの外泊許可は、今日までだよ」

「だからお願いって言っているの。先生に話してみてら」

と、電話で主治医に働きかけよと迫ってきた。

「病院で、早く治してもらうように頼むからね。今日は約束通り、今から病院へ行こうか」

「なんでお父さんは、うちの言うこと聞いてくれへんね」

と泣きだした。

「よしよし。そんじゃ先生に頼んでみようか」

と、騙すよりすべがなくなってきた。

どうにか、病室に連れ戻すことができた。

しばらく病室で雑談していると、看護師が、そっと背中をつついた。その意図するところを察した秀造は、トイレと言って部屋の外へ出た。

面会室では、主治医が待ってくれており、外泊中の様子を詳細に聞き取ってくれた。

「夜間、そんなに起こされると、ご主人の健康も気になりますね。今しばらく入院を続け、様子を見ましょうか」

「本人は、相変わらず、家におりたいと言い張りましてね、今日もここへ連れてくるのに難儀しました」

「今後ですが、一応薬が効いてきましたので、徘徊の原因となっている幻聴や幻覚が少なくなってきているようです。今少し薬を弱めて、副作用を少なくしていけば、家庭生活もできると思いますので、それまで病院で預かりましょうか」

秀造は家に戻ると、まだ日が高かったが戸締まりをした。なにはともあれ、一杯を引っかけ、布団に潜り込むことにしたのだ。

秀造の長男、秀雄は大手の機械メーカーに勤めており、現在はインドの工場に赴任している。両親が高齢だからと会社が配慮してくれ、赴任期間は三年にしてくれていた。秀造は、秀雄が仕事に専念できるよう、節子の病気は知らせていなかった。

しかし、近日、帰国するとの連絡があったから、少々慌てた。会社では赴任期間中、中程で二週間の有給休暇が与えられ帰国させてくれるのだ。もちろん家族の旅費は全て会社負担である。秀造は、突然、母親が精神病院に入っていることが分かればショックだろうから「お母さんの足が弱り、リハビリのため入院している」とのみ秀雄に伝えていた。しかしこの嘘はすぐばれてしまった。秀雄は、姉に電話をして確認したのだ。婿や義母と一緒に見舞ったときのことが、全てばれてしまった。

息子夫婦が帰宅したときは、節子は十日間の外泊が許されていたから、彼らは、大きなショックは受けなかったが、息子は呟いた。

「いよいよ来るべきものが、来たようだな」

それを耳にした秀造は、

「俺も予定がくるったよ。俺が先にお母さんに世話してもらうつもりだったのに……。先生に聞けば、入退院は繰り返すそうだ。まあそうだろうな、所詮若返るはずがないんだから」

「親父に迷惑かけてすみません。それにしても、親父も農業をやめるいい機会だったかもね。もう八十歳越えているんだもの」

「お母さんが徘徊を始めると、俺、夜はほとんど寝られないんだからなあ……。朝、野菜の取り入れを始めると、立ちくらみがして、作業ができる状態じゃなくなってさ……」

秀造の言葉を聞いている息子夫婦は、ただ頷くのみである。

「思い切って借りていた農地を返し、介護に専念し始めたら、幾分楽になったよ」

間を置いてしみじみと語り続けた。

「俺も、つくづく老いを自覚するようになってさ、ちょっとさみしいけれど、もう平均寿命を生きているから、余命はあと七年らしい。医療統計によればその半分は、人の世話にならなければならないから、お母さんの世話をできるのもあとわずか。まあお前たちが帰ってくるまでは、しっかり見守るけれどさ」

「お父さん、申し訳ございません。私が先に帰国すればいいのですが……」

嫁が謝ってくれている。

「いやいや、その心配は不要。今のところ、こちらはどこも悪いところがないんでね……。ただ、ここではっきり言っておくけれどな。お母さんの状況が悪くなったり、俺が倒れたら、二人で入れるグループホームがあるんで、お前たちは、取り越し苦労をしないでくれ。費用は年金と貸家の家賃でまかなえるから」

この一言で二人は安心したのだろう、笑顔でインドへ帰っていった。


息子が帰国中は外泊が許されていたが、いざ病院に戻る段階になると、節子は病院に戻りたくないと言い張り始めた。秀造が説得に努めたが聞き入れず、

「あんた、うちがそんなにまで邪魔だったら、いいわよ。自殺してあげるから」

と、まで言いだした。どうしても秀造のそばにいたいようなのだ。

秀造は、親類の者が話し相手をしてくれている間に病院に出向き、主治医に申し出た。

「案外、調子が良いので、もう少し外泊を伸ばしてやっていただけませんか」

「そうね、ご主人がそう言われるのでしたら、一旦退院しましょうか」

「そうしていただければ、ありがたいのですが」

「分かりました、また調子が悪くなったら、改めて検討させていただくことにし、一旦、退院ね。ただ、一カ月ごとには、必ず診せてくださいね。薬を調整しなくてはなりませんから」

秀造はやむなく、本人の体調が良いと主治医を騙したのだ。

主治医は看護師に退院手続きを指示した。

五　症状が多発

現実は厳しい。節子の「夜起き」は、相変わらず続いているのだ。しかし秀造もその付き合い方になれ、彼女が起き上がってきても、さほど気にせず寝続けている。ただ、熟睡できないから昼間の眠いのは従前と変わりがない。しかし、寸暇を見つけて仮眠するこつが身についてきた。ホームウェアのまま、食堂の椅子を二つ並べて寝る技術も、かなりうまくなっている。

節子は炊事をはじめ家事は、全然やる気が起こらないようだ。だから彼女の家庭生活は全く二歳くらいの幼児並みだ。飲み、食べる、話す、それに寝ることしかやれていない。秀造の姿が見えないと泣き顔で探し回っていたり、秀造が庭の木を手入れしているとくっついて離れない。この様を見ると愛おしくなってくる。幼子が母親にくっついて回るのと同じだ。

かといって、買い物に連れ出そうとすれば嫌がる。自分の無様さを他人に見られたくない、との意識が強いのだ。


チャイムが鳴った。

「宅急便です」

宅配員がメロンを届けに来た。十個入りの中型段ボール箱だ。代金引換のため、支払わねばならないのだが、代金はかなり高い。節子に聞けば、自分がこういう状態になって、みんなに心配をかけたから、お礼に配りたいとのことだ。テレビのコマーシャルを見て、電話で発注したらしい。

午後、またチャイムが鳴った。

「宅急便です」

何のことはない、同じ業者から、同じメロンの十個入りだ。

翌日も届いた。同じ品物が三回着いたのだ。これには秀造も参ってしまった。この業者に苦情の電話を入れると、受付係が大勢いて、各自が電話を受けると、それぞれ出荷伝票を切っている。依頼主が、数量が足りなくて追加発注してくるケースが多いから、当社では出荷伝票の通り発送している。あなたの方で電話での注文に気をつけてほしいと、逆に説教されてしまった。節子が、発注に自信がなく、再三電話したのが原因だ。いずれにせよ、宅配員には代金を支払わざるを得ない。

また、この三十個のメロンの処分が鬱陶しかった。配り先がないのだ。節子は、ほとんどといっていいくらい、気にしていない。多くの金を払わせたという意識がなく、嬉々として配り先を、次々口にしている。誰とても高価な産地直送のメロンをもらって、腹を立てる人もいないだろう。秀造は、ほとんど顔も知らない、彼女の同級生宅へ、配達に向かわねばならない羽目になったのだ。節子は、彼女たちに世話になっているから、家まで届けてくれと言い張っている。

我が家に出入りしている旧知の方にだったら、秀造も納得するが、問い合わせなければ、家の所在も知らない人々へのプレゼントはいかがなものかと、不満を持ったまま配達した。

留守にするわけにはいかないから、わざわざ、親類の者に来てもらって、留守番と本人の監視を頼まなければならず、とんだ大騒ぎだ。

主治医からは、

「本人がどんな失敗をしても、叱っては駄目ですよ、大きな心理的負担を与えてしまうから……」

と念を押されていただけに、モヤモヤの気分を晴らすところがない。

護身のため、彼女が付き合っている化粧品店、電気店、呉服店、ブティックなどに、丁重に「彼女からの発注は、当方に確認してほしい」と電話する羽目になった。

このことを知った節子は、

「お父さんたら、この頃、細いことまで言うのよ。昔はおおらかな人だったのに」

と、娘に電話している。耳にした秀造は、なにをかいわんやだ。

節子には、長い付き合いの二人の女友達がいる。彼女たちは二日に一度は必ずやってきてくれる。二人は申し合わせたのだろう、交互に来てくれる。彼女たちは、概ね二時間ばかり、話し相手になってくれるから、秀造にとっては大助かりだ。その間、買い物に行ったり、他の用を済ませられるからだ。時には、その間、仮眠を取った。大抵は按摩機で寝ることにしている。按摩を十五分かけると催眠効果があり、かなり深い睡眠が取れるのだ。

不意打ちに節子に顔をペシャンと叩かれた。彼女たちが帰るとき、起こしてくれるのだが、そのときは熟睡していたため、客が気を遣って、声をかけずに帰ったのだ。話し相手を失った節子が、起こそうと声をかけたが、秀造が返事をしなかったので、実力行使に出たのだ。この叩き方が、乳飲み子が母親を起こすときのように、容赦なく叩く、それにそっくりな叩き方だ。

夜中の騒動が続く限り、抜本的な対策を取らねば、こちらの身体が持たない。市役所で高齢者対策を担当する課を訪ね、係員に相談をした。結果、介護認定申請を勧めてくれた。「デイサービスで、奥さんを日中預かり、その間にご主人さんが休んではどうか」との提案だ。早速申請書を提出した。しばらくして、介護が必要かどうか、及び介護度の判定資料作成のため、保健師を家に派遣するので、本人及び家族が待機するように、と連絡があった。

本人の運動機能及び精神状況を調査するため、数十の項目がチェックされた。既に妹婿の調査の際立ち会っていたから、復習のようなものだ。このデータ及び主治医の医学的所見をベースに、協議会を開催し、その場で判定するとのことだ。

判定は要介護1だった。

早速、ケアマネジャーが訪問してくれた。介護の態様をいくつか説明のうえ、節子にデイサービスへの参加を提案した。週二回、朝九時から夕刻四時まで、デイサービスセンターで面倒を見てくれるという。歌を歌ったり、遊戯をしたり、手芸を楽しんだり、交友をしながら楽しく過ごせるとのことだ。

しかし、ここで様相が変わってきた。節子は参加しないと言い張るのだ。ケアマネジャーは、介護する者に休養を与えたい配慮からの提案だが、それを拒否したのだ。節子は最近人嫌いがひどくなってきており、特に面識のない人に会うのを、極端に避けている。そのやりとりを聞いていた秀造は、節子の本音として無様な姿を他人に見せたくない、人に会うのは煩わしいとの気持ちがあるからだと思った。

ケアマネジャーは、秀造に向かって、では家事就労訓練として、週二回、毎回一時間の家事ヘルパーを入れようかと提案してくれた。要介護1では、完全な家事介護は認められないので、あくまでも本人が家事をしようとの意欲を蘇らせるように、お手伝いをするというのだ。

秀造にとってはありがたい提案であり、節子も同意した。

ヘルパーが来てくれると、秀造はその間に、買い物に出かけることができるからだ。午後における友人が話し相手の時間は、家庭菜園や雑事の対応ができ、また仮眠が取れるから好都合だ。自分の健康管理もどうやら明るさが見えてきた。

六　神経過敏症状が現れた

気を許したとたん、またまた厄介なことが生じてきた。節子が、ものが見えにくくなってきた、と訴え始めたのだ。確かにテレビは見たがらないようになるとともに、新聞などは目も通さなくなってきた。薬の副作用かなと思って主治医に相談すると、一度眼科で診察を受けてください、とのことだった。

早速、本人の希望する眼科医院に向かった。この医院は、彼女の友人たちの評判が良かったようだ。眼科医は型どおり、視力検査をはじめ、いくつかの検査を終え、

「白内障がかなり進んでいる。至急手術する必要があります」

と告げた。

節子は手術という言葉を聞くと、身体を震わせ、

「先生、本当に手術が必要なんですか」

と、おびえている。

秀造は数年前に、白内障手術を体験しているから、

「これは早いほどいい。確かによく見えるようになるからな」

と、節子を説得した。彼女はしぶしぶ同意したものの、表情は不安そのものだった。

手術は、入院して一気に両目を手術する方法と、片目ずつ通院で手術する方法があるが、前者は一週間で済み、後者は最低二週間は要するとのことだった。節子は入院がよっぽど嫌なようで、通院方式を選んだ。

「お父さん、手術の説明について行って、一緒に聞いてよ」

と不安を訴えている。

「この手術はね、誰でも年を取るとするもんだから、気にしないでいいよ。確か、手術は半時間もかからないから……」

と、精神的安定を図っている。心配しすぎて、本来の病気が悪化しないか気にかかる。

案の定、「なんで、手術をしなくちゃならないの」と独り言を呟き始め、食事が進

まなくなってきた。夜中にも起き上がり、ブツブツと繰り返している。

レクチャーの二日前から、手が震えだしてきた。たかが説明を聞くだけのことで、もう身体全体が拒絶反応を示す。顔の表情もこわばってきている。

「この手術は、わずか二十分あまりで済み、眼帯をかけているのも、たった二日だけなんだよ」

「ほんとう？」

「俺の手術の時、見てるだろう。どんな様子だったか」

「十年も前のことでしょう、そんなのとっくに忘れてしまったわ」

「こんなの手術の部類に入らないって言う人もいてるくらいだ」

幾分、落ち着いてきたと思われたが、まだ不安に感じているのだろう、手が震えている。

レクチャーの日、手術の日程が決まった。右目が来月七日、左目が十四日、眼帯をかけているのは当日と翌日だけ。術後それぞれ一週間は感染予防のため洗眼消毒に来院するように、との説明だ。費用は片目六万五千円、両目で十三万円もの自己負担だ。

手術後の通院を含めると概ね二十万円要するとの説明だが、節子は、費用のことは我関せずで気にしていない。しかし、手術の日程を聞くと、また手先が震えだしてきた。厄介なことだ。

手術五日前から点眼薬で消毒を始めるが、身体が震え、満足に目薬を入れることができない。精神病発症前には、こんなにもびくつかなかったのに、今は一言、一挙動ごとに反応しており、神経過敏症の症状が出ている。

「こころの医療病院」の外来待合室で、節子と秀造は一時間ほど待っている。もともと診察予約がされているから、その直前に来院すればいいのだが、節子は、

「本当に手術しなければならないのか、こっちの先生に聞きたいの」

と、一時間前に、渋る秀造をせき立てて来院しているのだ。彼女は患者が少ないと、早く診てくれる場合があるからだと言いつのった。

「目のことは目の先生の言うことに従ってくださいね、節子さん。あの手術は年を取ると、ほとんどの人が行ってるそうよ、心配しないでね」

主治医の説明で、ようやく震えが収まった。秀造は、自分が何回説明しても聞き入れてくれないのが、精神科主治医の一言で、落ち着き始めたのには感心した。心の病は全く不思議な病だ。

秀造は、布団をベランダに運んでいる。久方ぶりの好天で秋風がそよそよと吹き、気分が良い。手すりと物干し竿に布団を掛け終わった頃、節子が枕を運んできた。秀造はびっくりした。今まではほとんど家事には関心を示さなかったのが、たとえ枕の一つでも自分で運んできたからだ。

「えらい、えらい」

秀造は手を叩いて大げさに褒めた。節子はニコーッと微笑み、褒められたことを喜んでいる。

孫たちが見舞いにやってきたが、節子は自分で病状の説明をしている。

「おばあちゃんね、おかしな病気にかかっているの。夜が寝られないのと、何もする気がしないの」

「そう」

孫たちは、母親に言い含められてきたのだろう、相づちも短い。

「そんでね、お前たちのご飯も作れないの。だからお昼はどっかの店で食べてね」

「うん分かった」

孫たちの発言は、極めて短く明快だ。

五分も経っていないのに、節子は、

「おばあちゃん疲れたから、寝さしてね」

と、断りを入れて、按摩機の上で寝てしまった。最近一つの行動時間が短くなり、次々に変えるのだ。秀造が孫たちの近況報告の相手をしていると、もう節子が起き上がってきた。

「おばあちゃんね。目も見えなくなってきたの。あんたたちの顔もはっきり見えていないの」

「そう」

「それでね、近いうちに、目の手術をすることになったの。お医者さんは、手術、手術って言ってるけれど、本当に良くなるのかしら」

「………」二人は黙って、頷くように首を振るだけだ。

そう言い終えて、また立ち上がり、「トイレ」と言いざま、その場を離れた。実に気ぜわしい行動の移り変わりだ。


よく一進一退といわれるが、節子の病状も晴れたり曇ったりの状態が交互に出てくる。「晴れ」のときはすごく明るく、よく喋る。「曇り」になると自己中心的な内容になり、どこそこの調子が悪いとか、誰も構ってくれないとか、愚痴を言いだすのだ。幻聴、幻覚の出るのもそのときだ。

主治医は説明してくれた。

「この病気の特徴で、正常と異常の状態が交互に出てくるけれど、奥さんの症状は軽く、生活には支障をきたさないと思います」

まさにその通りだが、周りにいる者は気になる。

洗濯物を取り入れていると、タオルなどの簡単なものをたたみだした。手伝おうという気持ちが蘇ってきたのだろうか。過日の、枕干しと併せ、主婦の感覚が蘇ってきているのだったらありがたい。

「母さん、かなり元気になってきたで、一度、散歩に行ってみないか」

「行きとうない。歩くと、しんどい」

相変わらず出たがらない。いつになったら買い物や散歩に出られるのだろう。


「お父さん、うち、本当に手術しなければいけないの」

「うん、すればものがはっきり見えるよ」

「うち、そんなに綺麗に見えなくても、今のままでいいのやけれど」

節子はだだをこね始めた。何とか説得して医院に連れてくることができたものの、緊張で身体が硬直し、満足に歩けなくなっている。

「お父さん、帰らないでね。手術の間もおってね」

泣きだしかねない顔で、懇願している。

「分かった、分かった。ずっといてるから安心しな」

秀造の手を握りしめて離さない。秀造はその様を見て、胸がジーンとしてきた。まったく駄々っ子並みだ。

七　良太郎の緊急入院

夜八時半頃だった。良治から電話がかかった。

「伯父さん、父が電話に出てくれないの。何回も電話してるんだけれど。すみませんが、様子を見てきてくれませんか」

「うん、分かった」

車で五分ほどで、良太郎の家に着いた。

玄関には鍵がかかっていない。呼べども声がしないから上がっていった。すると、良太郎は電気ごたつの中に腰から下を突っ込んで、横向いて寝ていた。声をかけても反応がない。身体を起こしたが意識を失っている。

早速、一一九番に電話した。わずかばかりの時間で救急車が着いた。救急救命士が三人入ってきて、素早く担架に乗せ、車に運んだ。総合病院まではほんの五分ほどで行ける場所なのに、救命士は秀造に添乗してほしいと要請した。車内で急変しそうだとのことだ。

秀造は良治に電話をした。

「お父さんは、こたつで意識を失っており、今救急車で病院に運ぶところだ」

「ええ！　ほんとう？　じゃ、すぐそちらへ向かいます。車で行きますが、ざっと二、三時間くらいかかります」

病院の救急処置室に運ばれ、当直医の診察を受けたが、当直医からとんだことを相談された
「このままでは、あとしばらくすれば息を引き取るでしょう。延命措置を行いますか、どうですか」

「今、息子に連絡したのですが、車で飛ばしてきても二時までには着かないでしょう。それまで生かしてほしいのですが……。息子に一目でも会わしてやりたいので」

「いいですか？　一旦延命措置に取りかかると、あとは続けなくてはならないのですが……」

「お願いします」

とのやりとりがあって、看護師から、延命措置に関する同意書に署名を求められた。あとで聞いたことだが、延命措置を施した医師は途中でやめると、業務上過失致死または殺人罪の容疑がかかるとのことだ。

良太郎は強心剤など打たれたあと、集中治療室に運ばれた。

一時半頃、息子の良治が着いた。

「先生から詳しく説明があると思うが、本人は意識不明の状態だ。先生から延命措置をどうするか聞かれたので、せめて子どもが到着するまでは生かしてほしいと頼んだのだ」

「そう、そんな状態なの」

「原因は、こたつで長い時間寝ていたから脱水状態がひどく、血液濃度が高くなり、身体の機能が麻痺してしまったことだそうだ」

「伯父さんは、一旦寝てください、おばちゃんの世話と親父の世話で、疲れていると思いますので」

「その通り、自分自身、目がクラクラしているんだ。ひとまず寝てくるからな」

良治は医師から説明を受けると、

「本人の生命力次第だが、危篤状態だ。場合によったらもう目が開かないかもしれない」

と説明された。当分集中治療室から出られないとも、併せて宣言された。

良治は、田中家の伯父や叔母に、「父が危篤状態だ」と電話を入れた。

十時過ぎには、良太郎の兄弟たちや甥や姪が詰めかけてきた。

長兄の伯父は九十一歳にもなるのに、単身で橿原市から駆けつけてくれた。乗り換えの多い路線をよく一人で来れたものだ。

「皆さん、親父の意識が戻るか、戻らないかは、お医者さんにも分からないそうです」

伯父が、

「良治、心配するな、俺の家内も意識不明になったが、二日後に意識を取り戻し、その後家事ができるまでに回復したからな」

と、例をあげながら、良治を励ましている。

四日後の夕方、看護師から「救急患者が増え、集中治療室を空けねばならず、ひとまず個室に移っていただきます」との説明がされたあと、看護師詰め所の前の個室に移ることになった。この部屋は集中治療室と同じ程度の医療設備が施されていた。

集中治療室からベッドを押して移動しているときに、不思議な現象が生じた。ベッドで揺すられている良太郎が、うめき始めたのだ。付き添っていた看護師の一人が驚いて、医師を呼びに行った。個室に入ったときには、良太郎は既に目が開いており、秀造や良治も唖然とした。集中治療室から個室までのわずかな移動時間に目を覚ましたからだ
医師も驚いたようで、診察に取りかかった。

「僕の声が聞き取れますか」

口をもぐもぐ動かしていたが、「は、はい」と声が出せている。

「自分の名前を言えますか」

「田中良太郎」

今度はかなりはっきりと話せている。

医師の説明では、

「救命装置を外したことと、移動のショックで、脳組織が刺激を受け、意識が戻ったようだ。医療知識でも分からないような現象がたまに見られるのですが、今回もショックが良い方向に働いたようです。しばらく様子を見ましょうか」とのこと。

早速、栄養剤の点滴が始められた。

これで、良治はひとまず会社に出勤することにした。部長職は対外交渉や契約の締結など、重要な業務を担当しているから、長く休むことができないのだ。

八　散歩が楽しい……

白内障の手術の当日である。

節子は、気になって夜も眠れなかったようで、夜中に十回ほど起きていた。もちろん、平素からトイレや口が渇いて、水を飲みに起きることが六、七回あるが、昨晩は十回以上起きていた。

「お父さん、うち、ほんまに手術しなくちゃならないの」

と、また尻込みを始めている。

「手術が済むまで部屋の外で待っててあげるから、心配するな。手術はわずか二十分ばかりなんだから、すぐ終わるよ」

「ほんとに?」

秀造は術前消毒のため、目薬をさしながら、節子の不安を解消するのに、かなり手こずっている。徘徊も困るけれど神経過敏症も始末が悪い。

手術についてのレクチャーが始められた。中年の看護師が分かりやすく説明しているのだが、それでも節子は納得顔にはなっていなく、手が小刻みに震えてる。秀造が隣に座っているから、まだ安心できているようだけれど、他の患者から見れば奇異に見えただろう。異常なほど怖がっているのだから。

手術が終わった患者が順次処置室から出てきたが、節子はかなりぐったりしている。付き添った看護師も、何かと気を遣ったそうだ。こんなにも手術を怖がる患者さんは珍しいと言っていた。

節子は、鏡に向かって眼帯姿の自分の顔をしげしげと眺めている。


「お父さん、お父さん。目薬、目薬」

朝の五時頃、節子は秀造を起こしている。朝、昼、晩、就寝前の四回、消毒のため目薬をさすことになっている。一般的には食事前に点眼するが、節子はそのことが気になって、途方もなく早い時刻に、秀造に点眼せよと迫っているのだ。秀造は夜中に

六、七回起こされており、そのうえ早朝にも起こされているから、うんざりを通り越して、腹立たしくさえなってくる。しかし、精神科主治医の「精神病患者の看病は、忍耐の繰り返し」という言葉を思い出す。
「分かった、分かった。ご飯前にさしてあげるから、もう少し寝ようや」

「うん、うん」

理解できたのかどうか分からないが、ともかくも一旦は静かになった。しかし、ものの十分もしないのに、またもや「お父さん、お父さん、目薬」と叫びだした。いい加減にしてくれよ、と秀造自身が叫びたくなってきた。

節子は「こころの医療病院」で、毎月診察を受けねばならないが、診察予約がされているのにもかかわらず、早朝から起き出し、外出着に着替えている。ほとんどが九時からの診察なのに、八時前から、秀造に早く行こうとせかしているのだ。

節子の白内障の手術について、残りの右目の手術に取りかかることになった。相変わらず、日が迫るにつれて表情が硬くなり、手が震えだしたが、前回に比べ落ち着いている。

生活は未だに、電話は特定の人にしかかけることができず、かかってくると、受話器を取り上げることができない。また他人とも会いたがらない。見舞い客が来ても、秀造に任せ、自分は部屋に閉じこもったままだ。

最近は幻聴や幻覚が少なくなってきたが、その反面、何事にもせかせかとしており、同じ行動が五分と続かない。食事中に席を立ち玄関まで出てみたり、極端な場合はトイレにまで行った。まだ家事や炊事仕事はできず、せいぜい洗濯物をたたんだり、食事の際、お茶を入れる程度のことしかできない。

けれども最近、散歩することが楽しくなってきたようで、近くの河川敷を秀造とともに、往復二千歩から始め、今は午前と午後の二回で、四千歩にまで伸びてきている。歩くことによってお腹の動きが活発になり、食事も美味しそうに食べることができるようになった。

本人は、毎日何かが前に進んでいるのが嬉しいようで、ケアマネジャーや、ホームヘルパーにいきいきと報告している。

食事は、だんだん食欲が出てきて、よく食べるようになってきた。自分の食べたいものも、はっきり意思表示できるようになってきた。

就寝直前に飲む睡眠薬と精神安定剤も、よく効いているようで、四時間ばかりは熟睡している。ただ、従前と同じく午前二時頃から起き始める。薬の副作用で喉が渇くのだろうか、よく水を飲みに起き上がる。また、当然ながらオシッコも比例して多くなる。秀造は、徘徊はもう止まったと思いながらも、彼女が起きると、つられて目を覚ましてしまう。とはいえ、秀造にとって嬉しいのは、たとえ四時間でも彼自身が熟睡できるようになってきたことだ。


主治医は節子に問いかけた。

「節子さん、ご飯は美味しく食べられますか」

「はい、美味しいです」

「夜は、前のように耳鳴りしますか。誰か声をかけているようなことはありませんか」

「あまりありませんが、時々耳鳴りはします」

「じゃあねぇ、このままお薬を飲み続けましょうね。お薬は絶対続けてくださいよ」

「分かりました」

「ご主人ね。奥さんは大分良くなっていますが、まだまだ、このような状態が続きますので、薬だけは絶やさないように見てあげてくださいね。飲み忘れると、元の木阿弥になってしまいますから」

と、ロングランを示唆している。

九　良太郎の急変

夜十時過ぎである。良太郎が入院している病院の主治医自ら電話をかけてきた。

「良太郎さんの容態が急変しました。腎不全の症状がひどく現れ、危篤状態です。至急来てくれませんか」

との緊急連絡だ。息子の良治のところには看護師長から電話が入ったとのことで、追っかけ、良治からも電話がかかってきた。

秀造は病院に向かったが、良太郎は主治医と看護師二人に見守られており、心電図がセットされていた。思い出したように弱い呼吸をしている。心電図もほとんど平坦で、時々波が打つ程度だった。それからしばらくして心電図は平坦になった。主治医は合掌し、

「ご臨終です」

と、告げた。

秀造は部屋を出て、廊下の隅で良治に電話を入れた。式服を持参することと、孫たちを葬儀に参列させるため、衣装の準備はもとより、学校への連絡などもあるだろうから、一報を入れたのだ。

「お父さんは、今、息を引き取った」

「そうですか。僕は今からそちらへ向かいます。家内や子どもたちは、学校の手続きが終わり次第、そちらへ向かいます」

「葬儀社への連絡はどうしよう」

「母親が、以前から葬儀社に会員申し込みして葬儀費用を積み立てていた関係で決まっているから、僕の方から連絡します」

「じゃ、遺体は霊安室に安置してもらっておくからな」

「よろしくお願いします」

遺体は病室で、看護師たちにより浄められていた。しばらくすると葬儀社の職員が着き、遺体を旅立ちの白衣に着せ替え、そのまま移動ベッドに乗せて霊安室に運んだ。

遺体は硬直すると衣装の着せ替えに難儀するとのことで、さし当たって永久の旅立ち姿に着せ替えたのだ。

　秀造は良太郎の持ち物を整理し、車に運んだ。

　病棟師長は、

「霊安室で付き添われても結構ですし、またお帰りになっても、当院で安置させていただきますが、どうされますか」

　と聞いてくれた。秀造は、自分自身の睡眠不足が蓄積されていることと、明日は多忙となることから、家で身体を休めることにした。

「良治君。お父さんは、今晩は霊安室で安置してくれるから、君は一旦家で身体を休めた方がいいよ。遺体は明日八時頃、葬儀社の人がそちらへ運んでくれるとのことだから、その準備だけはしておいてくれ。俺は病院に向かい、遺体に付き添って帰るからな」


　翌朝、葬儀社の職員が既に待ってくれており、遺体をワゴンタイプの霊柩車に乗せ、家に向かった。秀造は葬儀社の職員に頼んで、良太郎が支店長をしていた生命保険会社の営業所前を通ってもらい、御霊を慰めることにした。家では息子が迎え、遺体を使い慣れた良太郎の布団に寝かせた。

良治は、通夜並びに告別式の段取りを、和尚や葬儀社と打ち合わせしなければならないが、秀造は良治に、田中家の伯父さんや叔母さんと相談するようにと言っておいた。

良太郎の兄弟の姿が見え始めたので、軽く挨拶のみをして帰った。

実は、良太郎の妻である秀造の妹の葬儀の際、田中家の皆に不愉快な思いをさせたから、この際は、自分は一切相談には乗らないことにしたのだ。

秀造の妹の葬儀の際、喪主である良太郎の方針が、全く世間一般の常識から外れていると、田中家の多くの人々から苦情があったのだ。

良太郎は、葬儀に参列するのは息子の良治と、秀造の二人で家族葬として告別式を執り行うと言いだしたのだ。息子の嫁も、孫も参列しなくともいいと言いだしたものだから、これには良治が猛烈に反論した。良治は母親の葬儀に自分の妻子を参列させてくれないとは承服できない、と良太郎にたてついた。その迫力に良太郎が折れ、結局、良太郎と良治の家族と秀造の七人で執り行ったのだ。そのとき秀造は、良太郎はロマンチストだなと思った。愛する妻をお祭り騒ぎで送るのではなく、静かに見送ってやりたいと思っていたのだろう。

良太郎の妻の死をあとで知った良太郎の兄弟や親戚の人々が、良治に、葬儀も知らせてくれないとは何事か、と苦情が殺到し揉めたそうだ。それは当然の成り行きだろう。そのことをあとで耳にした秀造にしても、田中家の縁者が参列しないで、兄弟とはいえ自分が一人参列しているから、なんとなく居心地の悪い思いがした。そのことがあったから、今回は早々に退席したのだった。

秀造のところへ、相談の結果として、通夜並びに告別式の日程が知らされた。通夜は明日、告別式は明後日としていた。田中家親族で、遠方に住む人たちが参列できるよう、日程を一日遅くしたそうだ。また、葬儀は家族葬ではなく、普通の葬儀として執り行うとのことだ。

葬儀は滞りなく行われ、親戚の者も家路につき、良治も残務処理を済ませたとのことで、秀造の家を訪ねて報告をしている。

「どうやらこうやら、いろんなところへの死亡届も済ませられたのですが、伯父さんには何かとお世話になり、また気を遣わせて申し訳ありませんでした」

と、丁重に挨拶をする。

「それで、お願いしたいことがあります。僕は定年まであと十年あるのですが、その後こちらに住みたいと思っているのです。家はまだまだ使えそうなんで、そのまま残しておきたいのです」

「そうか、定年後帰ってくるか」

「それまでも最低、月に一度は帰ってくる予定ですが、お暇な折で結構ですから、時々、異常がないか見回っていただけませんか」

「ああ、結構ですよ。ただ、こちらもいい年なので、いつまで続けられるか分からないけれど、達者な間は見回りさせていただくからな」

良治は、嬉しげな表情になって、自分の将来設計などの話をし始めた。

十　認知症が治った！

節子は、最近目覚めが早くなってきている。また、起きたあと、すぐ身繕いをするようになってきた。今までのように、パジャマ姿でうろうろしなくなってきた。

食事を早くほしがるなど、多少我がままなところもあるが、特に他人に迷惑をかけているわけではないから、できるだけ本人の気の済むように生活をさせている。主治医の「心理的負担のかからないように」というアドバイスを忠実に守っているのだ。

それが、功を奏してきたのだろうか、散歩は毎日欠かさないし、また、電話も聞き取れるようになってきた。秀造は、もうぼちぼち主婦業に復帰できそうな気がしてきた。

「なあ、俺ちょっと胃の調子が悪いので、お粥を炊いてくれないか。入れ粥でいいから」

と、冷えたご飯をお粥に炊き直させる注文をしてみた。

これは、秀造にとってはかなり勇気の要る注文だ。ガスをつけたり消したりできるか試してみたのだ。火の使用を半年あまりさせていなかっただけに、うまくできるかどうか、不安であった。

「うん、やってみるわ」

入れ粥は、鍋に湯を沸かし、冷や飯を放り込むだけの極めて単純な作業だが、挑戦する気になったようだ。

節子は無事にガスをつけることができ、コンロのそばに立ち、じっと火を見つめ続けている。鍋から湯気が立ち始め、慌ててふたを取ったが、やけどしないか、秀造にとってはハラハラさせられた瞬間だった。何事もなく、冷や飯を入れることができたが、さて吹きこぼれはどうするか見守る必要がある。しかし、案ずるほどのこともなく、うまく火力を調整している。五分あまりして、ガスを切り、

「お父さん、お粥できたわ」

と、嬉しげだ。どうやらガスの扱いは大丈夫のようだ。また、作業も十分は続けら

れることが分かった。

　ガスの取り扱いは、空だきが怖いから何回か繰り返し作業させてみる必要がある。

　次の注文は、ゆで卵だ。

「卵を食べたいので、ゆでてくれないか」

「うん、うん」

　これは、水から卵を入れ、時々軽くかき混ぜて、黄身が偏らないようにしなければならない。入れ粥より、多少手間がかかる。ゆで終わるとすぐ流水で一気に冷まさないと、皮がむきにくくなるから、作業の連続性も求められる。

　秀造は、テレビのドラマを見るふりをしながら、節子の動作を見守っているが、ガスをつけ、手順良く取り組んでいる。その姿は健常者と変わりはない。再三時計を見て、ゆで具合を気にしている。約十分が経ち、網のしゃもじでボールに卵をすくい上げ、すぐさま水道で冷やし始めた。時々卵を手に取って、冷え具合を確認している。

　秀造はこの一連の動作を見て、嬉しくてたまらなくなり、スマートフォンで娘にメールを打った。

「お母さん、お粥を炊き、卵をゆでることができました」

節子は、卵を皿に入れ、秀造のところへ塩とともに持ってきた。

「お父さん、卵がゆだったわよ」

とニコニコ顔で横に座り、皮をむき始めると、綺麗にむきあがった。秀造も同じように綺麗にむくことができた。節子の顔は自慢げで、うまそうに食べている。五分単位で動作を変えていたのが、卵をゆであがるまでの約二十分間、作業を継続できたのだ。

「うん、このゆで方は立派なものだ、皮がむきやすかったしね」

節子は嬉しそうに、ゆで方の解説をし始めた。


定期診察だが、節子は主治医に、お粥とゆで卵の件を詳しく報告している。主治医は女性だから、節子の料理話にうまく話を合わせて聞いてくれ、当人は鼻高々だ。

「良かったねえ。いよいよご飯炊きねえ。水加減ができるかな」

「うち、やってみる、やってみる」

と、大はしゃぎだ。やりとりを聞いていた秀造の目に涙がにじんでいる。先生は、

「ご主人、大分調子が良くなってきたようなので、徐々に弱い薬に変えていきますからね」

と説明してくれた。

世間一般では、認知症は治らないといわれており、近所の患者も認知症のまま、他の病気にかかり、亡くなっていく実態を見ると、そうだろうなと思っていた。良太郎もアルツハイマー型認知症にかかっていたが、直接の死因は腎臓障害だったのだ。しかし、節子の病状は明るい方に進んできている。

金銭管理は秀造が行っているが、節子は今まで、値段に関心を示さなかった。目の手術に二十万円ばかり払ったり、メロン代に多くの金額を払っても何の反応もしなかったが、最近寿司を取り寄せる際、「握り」は高くつくから、通常の盛り合わせでいい、と言いだした。握りは千八百円するが、盛り合わせは千円で済むと、比較できるよう

になってきたのだ。孫の成人式の祝いについても、二十万円はやり過ぎだ、十万円で十分と、自分で祝い金の査定ができるようになってきた。

「祝儀袋にお前の名前を書いて、お金を袋に入れてやってくれ。俺が郵便局から書留で送ってきてやるからな」

と言うと、節子はいそいそと祝儀袋に祝いのコメントと、自分の名前を書いている。札もわざと十二万円渡しておいたが、きちんと十万円を数えて入れている。

「お父さん、ぼけてきたの？　二万円も多いで。しっかりしてくれないと、駄目じゃないの」

と、こちらを諌めてきた。どうやら数的感覚が戻ってきたようだ。


「お前な、もうボチボチ自転車に乗ってみないか」

「うち、自転車より単車の方がいいの」

「単車はなあ、事故を起こしたら大変だ。それに運転免許の更新ができるかどうかも分からないからなあ」

「そんでね、友達と一緒に高齢者講習を受けるように、もう自動車学校へ申し込んでもらったの」

秀造は驚いた。節子が自分で積極的に行動を始めたのだ。高齢者講習は最初に認知症検査があるのを、知ってか知らずか、ひとまず友人と講習にチャレンジしようとする意欲が湧いてきたのだ。

最近、秀造は、彼女が乗っていた乗用車を娘に譲ることにした。その際、節子は多少抵抗したが、説得を続けているうちに、自分なりに、四輪車の運転は危険、と判断したのだろう、あまり大騒ぎせずに納得した。しかし、スクーターは乗り続けると言い張っていた。

秀造は、彼女が精神病院に通っていながら運転免許を更新するのは、保護者としてやめさせようと決めていた。万が一事故を起こしたら、社会的責任が問われるからだ。しかし今は、多少その方針を変えようと思っている。それはせっかく意欲が盛り上がってきたのに、頭からそれを抑え込むのはいかがなものかなと、思えてきたからだ。認知症検査で、精神科医の診察を受けるようにと指示されれば、結果として駄目となるだろうから、受講料七千円は無駄にするが、それでもいいのではないかと思えてきたのだ。


「お父さん、お父さん、うち単車に乗れたで」

秀造が買い物から帰ると、節子は突拍子もない明るい声で報告に来た。自分でスクーターを押して駐車場まで行き、試乗したようなのだ。積極性は歓迎するものの、スクーターを一人で乗り回したとなると、いささか別の心配が出てきた。そのまま公道へ出て走り出さないかが心配だ。なにぶん、まだれっきとした、高齢期精神病患者なのだから、事故でも起こされたら、とんでもないことになる。

キーを隠すと、秀造に対する不信感が湧くだろうから、どうすればいいのか悩ましい。まずは、説得することにした。

「お前な、免許の更新が済んだら、乗ってもいいが、それまでは控えておいたらどうな。万が一怪我でもしたら痛いだろうし……。また入院てことになるからな」

彼女の最も嫌がる入院という言葉を出して、自粛させる魂胆である。

「そういえば、そうやね。それまでやめとこうか」

やれやれである。自分で納得してくれたのだ。

節子は五十代から裏千家のお茶会のメンバーになっており、月二回の茶会に参加していたが、発病後ずっと欠席を続けていた。

「節ちゃん、今度のお茶会出てきいへんか。車で迎えに行ってあげるから」

メンバーの一人から誘いがかかった。

「おおきに。でも、私ね、まだその気にならないの。ごめんね、せっかく誘っていただきながら……」

どうやら、茶会で長い時間、座ることに自信がないようだ。それにまだ自分の健康が本調子でなく、他人に迷惑をかけそうだとの不安があるのだろう。丁重に断っている。

秀造は、節子のその断り方が健常者と変わりのないことに、もう思考回路が元に戻ってきているなと感じた。

ヘルパーが来ると、本人の血圧を測ったあと、掃除を始めるが、ヘルパーが掃除機をかけている間、節子は雑巾を持って食堂の床面を拭き始めた。座り込んで作業している姿勢や、雑巾を洗っている姿は、もう健常者と変わりがない。わずか十五分ほどの作業だが、それでも自分から取り組み始めたのは驚きだ。

今まで、包丁を持った料理は全然行っていないが、ボチボチやらせてみようと秀造は思い立った。

味噌汁を作るのを手伝わせ、大根、人参、豆腐、ネギの材料を刻ませることにした。

「俺な、ちょっと身体がだるいので、手伝ってくれないか」

「ほんとう？　あんたに倒れられたら、大変なことよ。手伝う、手伝う」

「じゃ、大根を短冊に切ってくれないか」

十カ月ぶりに握る包丁で、調理台に向かったのはいいが、包丁を前にして思案している。しかし、切り始めるとうまく処理している。大根を輪切りにし、それを五ミリくらいの幅に刻み始めた。最初はおぼつかない手つきだったのが、だんだん動きがスムーズになってきた。感覚が蘇ってきているのだろう。だんだんリズミカルになってきた。次は人参だ。これも輪切りにしたあと、トントンと短冊に刻んでいる。

秀造は、食事の都度、材料を準備するのが面倒なので、三回分を作り、具材を冷蔵庫に保管している。節子が刻んだ材料を、一回分ずつ小分けしていたが、節子の手が急に止まった。

「お父さん、おネギ、うち、よう刻まないの」

確かにネギを小さく刻むのは、豆腐や人参のようにはいかない。これは秀造が刻むことにした。全部を三回分に小分けし終わると、秀造は、

「ようやったな。包丁の使い方、うまいじゃないか」

と、大げさに褒めた。節子は嬉しいのだろう、ニコーッと微笑んでいる。

いつも散歩するコースは、河川敷に設けられた河川管理道路だが、このコースはカモ、アオサギ、シラサギ、カワウなどが飛来し、川面で遊んでいる姿を見ると、心が和んでくる。暖かい日には、石の上で亀が甲羅干しをしている。二人はそれらを見な

がら早足で歩んでいるが、歩いているうちに結構体が温まってくる。午前、午後の二回散歩するが、目標の距離が徐々に伸び、今は五千歩まで歩けている。

道路沿いにある梅畑では、つぼみが大きく膨らんでいる。

今日は特別な散歩だ。河川敷から少し離れたところにホームセンターがあり、そこで自転車を購入する目的があるからだ。

節子は歩いている最中に、自転車のことについて、盛んに秀造に話しかけている。ホームセンターでは多くの種類の自転車が陳列されているが、ほとんどが二十六インチか二十七インチであり、小柄な節子には足が届かず、使いやすい二十五インチや二十四インチは種類が少ない。

二十四インチは子どもが対象のようで、切り替え装置のついているものが多い。節子には走行中にギアチェンジをすることは、不得手のようで、切り替え装置のない普通の自転車をほしがった。結局二十五インチの女性用となると、わずか二種類しかなかった。高齢婦人向きのシックな色合いの自転車と、真っ赤なフレームの二台である。

秀造は、彼女がどちらを選ぶか見守っていたが、赤を選んだ。

「昔の郵便屋さんみたいだけれど、もう一つの方はいかにも年寄り臭いからいや」

と、消去法で選んだようだ。それにしても、七十七歳の彼女が、色合いが年寄り臭いのは嫌と主張し、自分が若いつもりになっているのは微笑ましい。

早速帰りは自転車の試乗だ。しばらくすると調子よく走りだした。それを見ていた秀造は、いよいよ社会復帰だ。認知症が治らないってことはない、節子は治ってきたぞと、叫びたくなってきた。

帰ると、またもや、秀造は娘にメールだ。

「母さん、自転車に乗れた」

「節子、俺なあ、お前の作った茶碗蒸しを食べたくてなあ」

「ほ、本当？　じゃ、作ってあげるわ」

節子の一番の得意としている料理は、茶碗蒸しだったのだ。

秀造は、具材の調達に取りかかった。卵、ゆり根、ぎんなん、かまぼこ、生椎茸などである。味を締めるのに、人によっては白身の魚、えびやかに、かしわを用いたりするが、節子はウナギを使っている。ウナギはなかなか注文がうるさくて、味の素朴なのが良く、そのような品物を売っているのは市内に一軒しかなく、その店のウナギでないと駄目だと主張している。記憶が完全に蘇ってきているのだ。

「もう、お前は病気の前に戻っているから、料理は全部自分一人でやってみな。俺はそばにはおるけれど、全然手伝わないからな」

と宣言しておいて、テレビのドラマを見始めた。

節子は、任されたことが嬉しいのだろう、いそいそと取り組んでいる。小一時間が経た頃、蒸し器から良い匂いがしてきた。節子は時々ふたを取り、蒸し上がり具合を確認している。

ちょうど食事時間になってきた。節子はいつも来てくれる話し友達に電話をしている。

「今日ね、茶碗蒸しを作ったの。出来たてのほやほや。それでね、あんたに食べてほしいのだけれど、よう持って行かれないから取りに来てくれない？」

節子は、味付けは自分の気に入ったようにできたと自慢している。

小さな発泡スチロールの箱に、ラップで厳重にくるんだ茶碗蒸しを二つ入れている。ご主人の分も入れているのだ。

友達はすぐやってきたが、節子は得意満面で渡している。そのときの会話や仕種は完全に健常者の姿である。

友達が帰るやいなや、

「お父さん早く食べてみてら、出来具合、どんなんか味見してよ」

よっぽどの自信作なのだろう、早く食べろとせかしてくる。コップに酒を注ぎ、レンジで温める暇も待ってくれない。

「うーん、これは美味い。上出来、上出来」

確かに美味かった。これならば誰に食べてもらっても満足してくれるだろう。

秀造は、茶碗蒸しの出来具合にも満足したが、いよいよ病気ともおさらばできるときがきたと、心が明るくなってきた。

自転車に乗れ、料理もできるようになってきたのだ。

節子は主治医に得意満面で、自転車乗りや茶碗蒸しなどの料理について、報告している。笑顔で聞いていてくれていた主治医が、

「今度、私にも、茶碗蒸しの作り方教えてね」

と、話を合わせてくれている。

今日は自転車で、話し友達と喫茶店に出向いた。友達が家にまで来てくれ、節子の自転車に付き添ってくれたのだ。発病前によく通っていた喫茶店とかで、迷うことなく行けたそうだ。あれだけ他人に顔を見られるのを嫌がっていたのが、もうごく自然に、人の前に出て行くことができたのだ。帰ってきて、一部始終を報告している顔が生き生きとしている。病状が出ているときは、顔にはつやがなかったが、もう今は頬に張りが出ている。

主治医は笑顔で言った。

「奥さん、明るくなってきましたね。ただね、このような状態を保つにはまだまだ、薬は続けなくてはならないの。薬をやめると、レビー小体が増え、悪さをし始めるから、また呼び声が聞こえたり耳鳴りが始まるのでね、その点ご理解をお願いします。よく、患者さんの家族から、薬をやめるのはいつか、完治はいつかと聞かれますが、この病気は完治と言えるのが難しく、病状の進行を止めたり、症状が出ないようにするのが精一杯で、気長に付き合わなくてはならないのです」

秀造もそうだろうな、と思えた。もう七十七歳にもなっており、自然に老化現象が出てきて当たり前だからだ。自分の身の回りを取り繕い、社会に迷惑をかけない行動が取れたら十分だ。医師としては完治という言葉は使えなくとも、秀造にとってはもう完治だ。

もうここまで治してもらったことがありがたく、後々通院することなど、問題ではなかった。節子はとうとう精神病を治し、社会復帰ができたのだ。

高齢期精神病患者や家族にとって、人生は自分から放り出すほどひどくはなく、また案ずるほど世間は冷たくもないと、秀造は心の底から思った。

秀造と節子は家に着くと玄関先で、秀造が音頭を取り、大空に向かって叫んだ。

「認知症が治ったぞう！」

（完）

あとがき

マスコミは、老老介護疲れが原因で、自殺、無理心中、嘱託殺人などが生じていることを連日報じている。これは人生末期に、精神的、肉体的に疲労困憊し、悶絶の状態になっている人が増加していることを示している。

しかし、暗く受け止めるばかりではなく、療養の仕方によっては、平常の生活に戻れることも知ってほしい。

今、全国でフレイル対策にとり組み始めているのは、介護予備軍をなくそうとしているからなのだ。しかし、行政や医療関係者が躍起となって笛を吹いても、個人や家族がついてこなければ絵に描いた餅となってしまう。健康年齢の保持は、個人及びその家族が主体的に取り組まなければ効果が出ないからだ。

この物語で示した節子のその後の生活ぶりは、料理や掃除をこなすとともに、散歩で体力を保持し、スマートフォンや電話で、孫子や友人たちとの交流を楽しんでいる。

夫の秀造は、町の美化活動や老人クラブ活動の仲間に入り、ボランテイア活動を続けるとともに、家庭菜園を楽しみ、夫婦ともに明るく暮らしている。

世の中はいろいろなアクシデントが生じるものだ。昨年（令和二年）二月に新型コロナウイルスが国内でも騒がれ始め、世界中に感染が広まっている。幸い、ワクチンが開発され、順次接種され始めたが、今しばらくはこの話題で持ちきりだろう。当分の間はフレイルや認知症は脇役だ。

いずれ認知症は主役に戻ってくるだろうが、派手なアクションは遠慮してもらいたいものだ。

二〇二一年五月

那須正治

著者プロフィール

那須 正治（なす まさはる）

和歌山県田辺市出身。
慶應義塾大学法学部卒業。国立和歌山大学経済学部修士課程修了。
和歌山県職員、団体役員を経て、野菜農業に従事。
世界遺産「紀伊山地の霊場と参詣道」の解説を担当する「紀州語り部」として活動。
著書：『僕はガンに勝った　ガン告知を受けてから』（2003年　健友館）

認知症が治った

2021年 9 月15日　初版第 1 刷発行

著　者　那須 正治
発行者　瓜谷 綱延
発行所　株式会社文芸社
〒160-0022　東京都新宿区新宿1－10－1
電話　03-5369-3060（代表）
03-5369-2299（販売）

印刷所　株式会社フクイン

ISBN978-4-286-22960-7